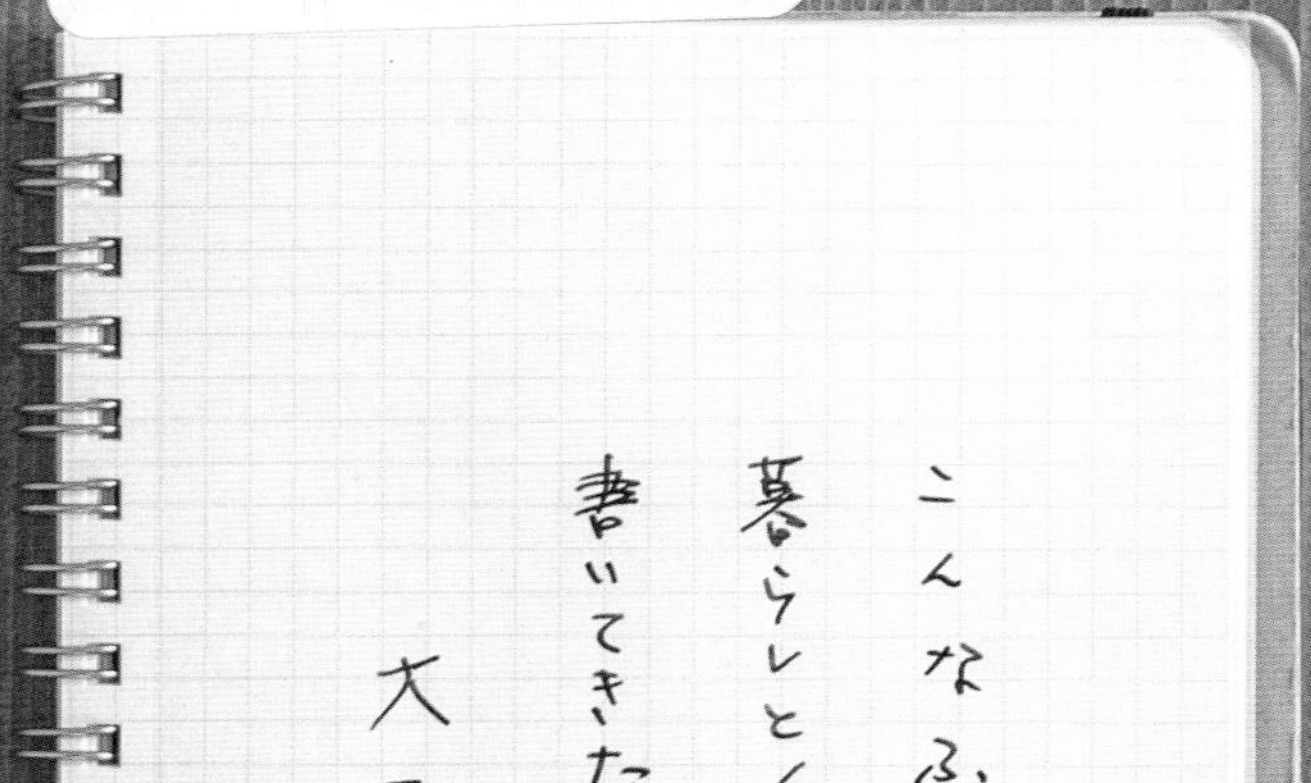

平凡社

こんなふうに、暮らしと人を書いてきた

恥ずかしい詫び状

つい先日、大失敗をやらかした。

ある小説家と週刊誌で対談をした。執筆に行き詰まった時にひもとくと、がちがちになった脳が優しくほぐされ、もう一度原稿に戻ることができる。私にとって駆け込み寺のような、敬愛する作家のおひとりだ。

記者の方が原稿をまとめ、校正紙が上がってきた。それぞれのプロフィールに肩書がある。彼女は「作家」、私は、「作家・エッセイスト」とある。はたと困った。たしかに書籍で私はそう名乗っている。

でも、いつももじもじしていた。

小説を書いていないが作家と言っていいのだろうか。かといって、著書は、編集意図に沿って決められた文字数で書く「ライター」ともどうも違う。「文筆家」はおおぐくりすぎてわかりづらいと指摘されることがある。「ノンフィクションライター」「コラムニスト」。どれもぴったりこず、もじもじ。悩みに悩んで、媒体ごとに合うものに変えるというぶざまな対応をしていた。

お相手は直木賞もおとりになった作家で、私は急に恥ずかしくなり校正時、編集者に申し出た。

「こんなことをお願いするのはあれですが、肩書に自信がないので文筆家としていただけないでしょうか」

編集担当者と相談した結果、訂正することになった。

ところが最終校正で、この情けないやりとりを知らない社内校閲者が、他の自著には作家・エッセイストと書いているので間違いだと思い、再び指摘。編集者も赤字を見落とし「作家・エッセイスト」で印刷されてしまった。

編集担当者からは電話で、面識のない校閲責任者からはお詫びの手紙まで来た。

こちらがフラフラ優柔不断だったばかりに、なんの罪もない人に詫び状まで書かせてしまい、穴があったら入りたかった。

肩書を媒体ごとに変える人間など、どこにもいまい。すべてはそんな大事なことをごまかしごまかしその場しのぎでやってきた自分のせいである。

ライターの書く文章に責任を持つのは編集部や媒体だ。

いっぽう、著書に責任を持つのは著者である。読者がライターの名で雑誌を買うことは稀だが、書籍は著者の名で買うことが多い。購入者に、商品責任者として名を明らかにするのが作家であると、もっとも尊敬する元ライターの作家にうかがった。

なのに今も、あてどなく泳ぐ魚のように自分が定まらない。

売文人生二十九年目。

こんな私の仕事の日々を綴ったエッセイを、どういう顔であなたに届けていいのかわからず、また困り始めている。

編集プロダクションのボスから百本ノックを受けた四年間が礎《いしずえ》になっている。そこから始まったトライアンドエラー、エラー多めの来し方を、腹を据えて文字にしてみようと思う。そう、腹を据えていなかったから、あんな詫び状まで書かせて大迷惑をかけてしまったのだ。

本書の全責任を持つという意味において、私は作家である。買っていただいたからには弱ったり困ったりしていては失礼だ。読んでよかったと思っていただけるよう、腹を据え、暮らしと人を書くこと、失敗しながら前に進んできた日々をつまびらかにしたい。

目次

一章　台所取材の舞台裏

最初はいつもあてどない旅

「すみません。会議で頑張ってみたんですが荒物屋企画、だめでした」
編集者のサトーさんから、申し訳なさでいっぱいのメールが届いた。

私は現在、東京で暮らす市井《しせい》の人々を訪ね、台所から人生を描く「東京の台所」（朝日新聞デジタルマガジン『＆ｗ』）というウェブ連載をしている。住人の顔や名前は出ず、台所写真をキーに、生き方を掘り下げていく。十一年目になるが、その前に産みの苦しみ期間が五年ほどある。表面的に見ると、それは何も形にならない空白の時間で、もし今やれと言われたら、ノーと言うだろう。

最初は、「荒物屋を訪ねる本を作りませんか」だった。

「いいですね。ちなみに金物屋と荒物屋ってどう違うんでしょうね」と私。

「たしかにですね。そこから調べましょう」

当時、サトーさんが在籍していた平凡社で、彼女と別の本を作った直後のことだ。ホームセンター全盛のこの時代に、荒物屋として踏ん張る理由には興味が募る。アルミの鍋やノーブランドの鉄の卵焼き器など、日本の家庭を支えてきた安くて丈夫な料理道具についてもあらためて学んでみたい。で、すぐにのった。

大量生産大量消費の対岸にある価値観や生き方、記しておかないと消えてしまいそうなモノ、コトを書き留めたいという信条を掲げている私に、サトーさんは早くから様々な提案を投げかけた。世の中の気になるもの、違和感、愛読してきたもの、とくに編集者の都築響一さんの作品を精読してきた点が共通している。

ふたりで勢いよく盛り上がり、荒物屋から店主の人生や街の人との交わりを描くという企画書がさっそくできあがる。

「これ、写真がいるよね。あちこち行くとなるとカメラマンさんの拘束時間も増えるし、ギャラも大変になりそうだけど、どなたに頼む？」

「大平さん、撮れませんか。予算がないのと、我々とスケジュールを擦り合わさなければならない人がもう一人増えるのは大変なのもありますが、書いた人が撮るのって、写真家の作品にはない味わいが出ると思うんです」

「わかりました！」

写真の「しゃ」の字も知らない私は、なぜあんなになんの迷いもなく即答したのか。テーマへの興味と、やはり著書を出せることが何よりの喜びだったからに違いない。

さっそく、ヨドバシカメラで一眼レフと三脚とカメラバッグを買った。相談した店員に言われるがままの、初心者用一式だ。

しかし、編集者が「本を作ろう」と言っても、すぐ企画が通るわけではない。編集会議、続いて企画会議という、私にとっては魔の厳しい審査会がある。営業担当者も加わる後者は、この著者で本当に売れるのか、過去の実績は、テーマは適切か、そのテーマに市場があることを示す裏付けは、と問いただされるらしい。著者は、家で会議の結果をひたすらじっと黙って待つしかないので、「らしい」になる。

出版不況が加速している昨今は、「著者がフォロワーをどれくらい持っているか」「イベントの集客力は」など、著者の販売能力まで問われる。講演やワークショップが多い著者は、会場で販売できるので優遇される。世知辛いなんて嘆いていられないシビアな会議なのだ。

出せば売れる書き手は別として、私のような売上の地味な書き手の場合、会議を通すためにサンプル原稿まで用意する。

すなわち、荒物屋企画では、GOになるかどうかわからない状態で、自腹でカメラ一式を買い、キヤノンのカメラ教室に通い、サトーさんとロケハンをして歩き、仮原稿を仕上げたのである。

他誌の締め切りの合間を縫うようにして、丸二日歩き回った。ロケハンは、荒物屋が複数ある戸越銀座と北千住の商店街にした。当然ながらサトーさんも一日が潰れる。

どちらも底冷えのする寒い日で、かじかむ手で慣れぬシャッターを押した。そういえば、私費で鉄製の卵焼き器と苺スプーンを買ったっけ。前者は今も現役、後者は幾度かの引っ越しで紛失してしまった。

写真を何枚かセレクトし、仮原稿も一本書いて、あとは企画会議に託す。

結果が、冒頭のセリフだ。

なんでも、「荒物屋」は絞り込みすぎている、レトロが好きな懐古趣味の人以外の読者の顔が見えないという理由だった。私は書き手だが、書籍販売のプロではない。このテーマに関して、プロたちの判断は納得できた。

落胆はしたけれども、固執してもしょうがない。わりとすぐ気持ちを切り替えて、現状の仕事モードに戻る。何カ月かすると、またサトーさんが「こんなのはどうでしょう」と違うボールを投げてくる。

しばらくして提案されたのが、『東京の台所』である。

「台所の本はどうですかね」

台所という言葉に胸を摑まれた。当時、雑誌タイトルや特集名はどこもかしこも「キッチン」全盛。私の知る限り、生活文化史や実用書以外で、タイトルに「台所」を使い、独自の視点で印象的な書籍を発表しているのは平松洋子さんの『台所道具の楽しみ』（新潮社）しかなかった。

「親から子へ、レシピや食のならいが受け継がれる場所って、日本なら〝キッチン〟じゃなくて〝台所〟って言葉が似合いますよね。うん、すごくいい！」

「名前も顔も、使っている鍋や料理道具のクレジットも出ない。オシャレでもなんでもない、ふつうの人の暮らしに根ざした台所を撮り歩きましょう」

すぐのったのは、当時の女性誌で、ライターとしてたくさん素敵な人たちのキッチンを取材していたからだ。著名な木工作家のバターケースや人気の鋳物鍋が、ハンコのようにどの雑誌にも載っていた。一点一点丁寧に作られたバターケースはなにも悪くない。同じものが記号のように繰り返されていることに、だんだん違和感を抱き始めていた。

台所道具はもっと多様で雑多なはずだと思った。散らかっていても、百円ショップのお玉があっても、収納下手でも、その人らしさが出ている空間のほうに私は惹かれる。誰もが認める良いものが美しく並ぶ空間に、既視感があったのかもしれない。

ちょうどマクロビブームで、玄米菜食を実践している人にたびたび取材をした。どんなものを食べ、どんな道具を使い、どう作っているか。キッチンのインテリアや料理写真を撮る。私は、その人がどういうきっかけでその道に進んだのか、決断するまでの葛藤はあったのかなかったのか、あればどんな葛藤だったのかを聞きたかった。ファストフードやインスタント全盛の時代に、わざわざ玄米コトコトを選ぶに至った物語を。

しかし、そんな個人の物語は編集意図からは外れるし、紙幅もない。かようなジレンマがつのっていたときだったので、力強く企画に同意した。

最初は、サトーさんと私の知人をたどって取材を始めた。取材をすればするほど、個の物語はおもしろく、手応えを感じた。写真には、下手さを凌駕する生活現場の生々しさ、暮らしの痕跡、住人の思想がにじみ出る。どれひとつとして、同じ台所はなかった。

ところで、その時点では会議に通っていない。連載が決まり、書籍化の目処がつくのは二年もあと、荒物屋から数えると五年を経ていたのである。

私の書く生活は、いつもこんなあてどない旅から始まる。

会うとだいたいがっかりされる

『東京の台所』は、数人撮りためてサンプル原稿を一本書いたところで、無事、魔の会議を通過。その後、「小さな家の生活日記」というエッセイを毎週連載していたアサヒ・コムが業態を変えるタイミングで、連載をスタートすることになった。

アサヒ・コム時代からの担当編集者は、ノンフィクションの著書がある。サトーさんは学生時代、彼の本を読んで感銘を受け、朝日新聞社まで訪問したことがあったと後にわかり、私は勝手に大興奮。ふたりも奇跡みたいな偶然に、拙宅の鍋会で目を丸くしていた。

台所の取材対象者にも、こんな小さな偶然が少なからずあり、偶然の中の必然という言葉をたびたび想起した。

取材対象者は、現在は朝日新聞社が募集した応募者の中から、選ばせてもらっている。サトーさんと私のつてでは、三十人も届かぬうちに限界がきたからだ。台所などという奥の院は、いわば下着の入った引き出しを見られるようなもの。友達でも断りたいのは当然だ。

ぽつぽつと、しかし途切れなく応募があり、動機や家族構成、住まいの状況など前後回のバランスを見ながら選考する。

応募してくれた人に会いに行くので、あらかじめ好意的に迎え入れられる環境が整っているわけであるが、取材を重ねるうちに、どうも第一印象でがっかりされているらしいことに気づく。

取材は多めにとって三時間。人生の話をよくよく聞きこみ二時間も経つと、お相手もリラックスする。と、ぽろりとおっしゃるのである。

「文体とお会いした感じが、なんか違いますね」

言われ続けているので慣れたが、試しに確認する。

「どんなふうに違いましたか？」

「あ、いえ、なんていうか……もっと物静かな方かと」

ここで一回、わははと笑う。

「文学少女みたいな感じ？」

「そうですそうです」

二度目の爆笑。

タクシーでも、長野生まれの長野育ちなのに「ねーさん江戸っ子？」と聞かれたことがある。バーで隣り合った客に、ライターだと言うと「やっぱりね。喋り方が普通じゃないから。ハキハキ早くて営業職かな、なにかのガイドさんかなと思ったよ」。

生来早口の大声がコンプレックスだが、台所取材では積極的に、第一声から「元気に。大きな声で」を心がけている。

相手の大半は、取材が初めての一般の方だ。ぺらぺらと自分のことを語るのに慣れていない。一度も会ったことのない人間が、プライベート中のプライベート、台所に分けいってくる。緊張しないはずがない。

私が、落ち着いた小さな声で静かに話したら、リラックスできず、胸襟を開くのにもっと時間を要するだろう。こんなちゃんとした人にはちゃんと話さなきゃ、といらぬ緊張を強いる。相手が、人に話せぬ相談事を心を裸にして打ち明けているのに、こちらが気取った態度をしていたら、友達でも「言わなきゃよかったな」と思うはず。自分が素になってとびこまなければ、相手は素になってくれない。それに、もともとちゃんとしていない人間が、とっさに素敵な人を装っても、早々にバレるものだ。

なんだか自分の粗野を必死に言い訳しているみたいだが、がっかりされてもなんでも、台所取材における自分のキャラクターはこれでいいと思っている。

だから、まず呼び鈴を鳴らしたら、インターフォンに「こんにちは！　大平です」と、笑顔で元気に伝える。

　家に招き入れてもらったら、たいてい歩いてきた道すがらの話をする。

「途中にお豆腐屋さんがありました。私の地元には一軒もないから羨ましいな」

「あそこ、おいしいんですよ。がんもが絶品なんで帰りに寄ってみてください」

　誰でも自分の街の魅力を話すのは嬉しい。その時点で、何枚かガードが外れる。

「大通りが近いのに、すごい静かですね」

「意外にマンションの作りがしっかりしてて、助かってます」

「えー、築何年ですか？　気密性が高いんですね」

「壁の厚さが、意外にあるらしいんです」

　自然に会話が展開する。

　来る道に何もなかったらないで、「スーパーはどこ行ってるんですか」と聞けばいいし、とにかく明るく話しかける。

　限られた時間内に、深く濃く人生を掘り起こそうとするときの最大の敵は、相手の緊張やてらいだ。自分をこう見せたいというプライドや、こんなことを話したら恥ずかしい、話したら笑われないかな、この辺で止《と》めておこうと思われたら、原稿はうすっぺらなものになる。文字は埋めることができても、絶対におもしろくならない。

ウェブサイトの作品は無料で読める。つまらなかったらワンクリックで、簡単に読者は離れてしまう。取材では、肩の力を抜き何でも話したくなる、そんな気持ちになってもらうことが最も重要な仕事だ。

六年前、私の取材に密着してくださった編集者が、同行記にこう書いていて、思わず笑った。

でもそばで見ていると、「えーなんで別居なんですか?」「うわ、それは書けないわ!」「うんうん、あるあるー」などと、ぽんぽんと明るい質問と相づちをいれつつ、取材なんだか昼下がりのおしゃべりなんだかわからない瞬間も。

（「明日のわたしに還る」朝日新聞デジタルマガジン『&w』二〇一八年二月二六日より）

取材なんだかおしゃべりなんだかわからないという末文こそ、私にとっては最高の褒め言葉である。そこでの自分の返しがまた、身も蓋もない。

「そう、聞きにくいことも、となりのおばさん的に遠慮なく近づくようにはしてますね。となりのおばさんだと思うと、えーどうして離婚したの？　とか、普通ならた

めらう話も聞けるし、相手もつい話しちゃうでしょ？　うん、おばさんを武器にしてます（笑）」（同）

元気なおばさん商法。うん、そりゃがっかりしちゃうよなあ。

「うんうん、それで?」

インタビューを受けるのは生まれて初めてという方に対して、もっとも大事なのは、相手を緊張させないことだと書いた。緊張して本音を引き出せなかったら、浅い内容になってしまうのでこちらも真剣勝負である。

最近、「どのようにして話を引き出しているのですか」と、しばしば聞かれるようになり、元気なおばさん商法とは別に真剣に考えてみた。

おそらく、自分のしていることは「傾聴」に近いような気がしている。善悪の評価や助言などはもちろんせず、ただただ相手の話に耳を傾ける。理解しようと心に寄り添い、言葉を受け止める。「傾聴」は、ビジネスや福祉の現場でも活用されるコミュニケーション技術のひとつである。

そんな専門的な技術を意識してやってきたわけではないのだけれど。

「そうか、そのとき育児に悩んじゃったんですね」「お連れ合いに疑問を感じてしまったんですね、なるほど」

言葉を繰り返すだけでも、お相手はほっと緊張がほどけ、口調がなめらかになる。そんな表情を見ながら、人はみな自分の話を聞いてほしいんだなあと感じる。私だってそうだ。心の内を「うんうん」と聞いてもらえたら、それだけでほっと安心するだろう。

話しながら思考の整理もできる。思いがけず絡まった人間関係の糸がほぐれることもある。「なんだ、これが根本の原因だったんですね」と、インタビューに答えながら、自らの課題や問題点に気づく人もいる。

SNSは「私の暮らしを見て」「話を聞いて」「いいねと言って」と、自分語りが賑やかだ。

だが、一方通行のSNSでは、満たされない。たったひとこと「うんうん、それで？」と傾聴する相手がいて、初めて人は安心するのではなかろうか。目の前の人が自分を受け入れる。それだけでも心を上手に緩められる人は少なくない。

私は書く仕事をしているが、言葉を聞く仕事でもあると思う。次に取材のコツはと聞かれたら、耳と心で相手の話を聞くこと、と答えてみようか。

聞く、話す、聞く、聞く

前項の「傾聴」という言葉を意識するようになったのは、ある四十代の女性牧師がきっかけだ。関西を中心にたくさんの信者に慕われる彼女の半生を、新書にまとめる手伝いをした。

彼女は「自分の仕事でいちばん大切なのは、傾聴すること」と語った。悩みを聞く。気持ちを聞く。ただなにもいわず寄り添って、隣にいることこそ大事だと。

彼女の母親のような年齢の信者が、「あの方に話すとほっとするのです」と教えてくれた。自ら障害を抱え、夫も看取った。その際、くだんの牧師さんがいてくれて大きな支えになった、と言う。一体どんな助言をしたんですかと牧師に尋ねると、笑いながら「いえいえ、私などがアドバイスなど何もできません。ただただ、横に座ってお話を聞いただけです」。

そして彼女はこう付け加えた。

「人は、話すより聞くほうが、ずっと難しいものなんですよね」

私も、宴席で自分が夢中になっている趣味や最近読んで感動した本など、べらべらと語り尽くした帰宅後、後悔することが多い。台所取材ならまだしも、プライベートでじっと傍らで相手の声に耳を傾けるというのは、全く上手にできない。聞く、話す、聞く、聞く。〝話す1：聞く3〟くらいのつもりでいるのが、ちょうどいいのかもしれない。

聞くとは、相手を待つということ。これが自分は苦手だったのだなあと実感したのは、『注文に時間がかかるカフェ　たとえば「あ行」が苦手な君に』（ポプラ社）という吃音の若者を描いたノンフィクションの取材現場だった。吃音とは、「あ、あ、ありがとう」と同じ音を繰り返す連発や、「あーりがとう」と一音を伸ばす伸発、「……ありがとう」と最初の音が出にくい難発に代表される言葉の発達障害である。

取材当初は、言葉を先読みしながら進めた。ところが、吃音当事者によっては「先読みしないで言葉が出るまで待ってほしい」という人もいるとわかってきた。ニーズはそれぞれ違う。「先読みしてほしい派ですか、待ってほしい派ですか」と先に希望を聞いてからインタビューをするようになった。するとどうだろう。沈黙をはさみ、ゆっくり相手の発話を待つリズムが心地よくなってきたのだ。ゆっくりがいいのではない。じっと待った末に相手の心のうちを聞けたときの達成感が心地いいのだ。

相手のリズムで心が開くのを待つ。傾聴が上手にできた取材はきっといい作品になる。

「私ってこんなにかわいそうな人なんですね」

パリ、アイルランド、松本、沖縄の番外編を入れると、台所取材は三百軒を超える。

そのうち、できれば忘れたい苦い取材は二回。百五十人にひとりなら、よしとしなければならない確率だと思っている。始める前は、もっと高い確率で出会うのだろうと思っていた。

反省すべきところがあったので、自戒も込めて、二本のうちの一例を。

四十代女性のひとり暮らしを訪ねた。

取材を終え、入稿する前に原稿の事実正誤を一度取材相手にチェックしてもらうため、メールで送信した。

その晩、長いメールが返ってきた。

もっとも心をえぐられたひと言は。

〈大平さんに私は、こんなかわいそうな人に映っていたんですね〉

彼女いわく、女のひとり暮らしで寂しくて、何も打ち込むもののないつまらない人に見える。これでは自分がかわいそうすぎる。せっかく掲載を楽しみにして友達にも宣伝しようと思っていたが、誰にも見せられない。

冷水を浴びた思いで、メールの文字を見つめた。胸に鉛が詰まったように苦しい。つゆほども想像していないレスポンスだった。違う視点で彼女の暮らしぶりの素敵さを書いたつもりだったが、読み方は人に強制できない。明らかに私の筆の未熟だ。

締め切りまで時間がない。そこまで否定されたら、載せないのがベストだが、差し替え用のストックもない。なんとか一晩ですべて書き直し、何度かやりとりをしたあと、〈やはり言ってよかった。これで友達に自慢できます〉と感想が来た。


もやもやが黒いシミのように残り、しばらくはメールソフトを開けるのが怖かった。また思いがけぬ長文の言葉のナイフが並んでいるのではないかと思うからだ。

それから何日か、いや何週間かおいて冷静に考えると、反省点が見えてきた。

寂しい人などと思っていないつもりでも、行間から伝わったとすれば、無意識のうちに、決めつけていたものがきっとあったのだ。

いくつかの仕事の締め切りが重なり、十分に練らずにまとめていた。掘り下げず、「この人はこんな人」と推量して書いていたところがあったに違いない。怠惰な手抜きが、作品を殺した。

もうひとつ、校正という作業の本質について、大きな学びがあった。作品の主題は、書き手のものだ。最後まで、責任を持たねばならない。もやもやの原因は、「友達にも見せられない」という一言に引っかかっていたのだと、あとからわかった。事実正誤の直すべきは直し、その上で、〝人にどう見られたいか〟という取材対象者の意図に沿っては書き換えられませんと言うべきだった。

何を直し、何を直さないか。以来、初めて指針ができた。それは言い換えれば、自分の据えた主題を重んじるという矜持である。

『東京の台所』の相手は、取材慣れしたタレントさんや女優さんではない。こんなふうに書かれたら嫌だ、こう書いてほしい、人にこう見られたいという要望を抱く気持ちも自然なものだと思う。

それからは、校正依頼時に、「事実正誤とプライバシー保護の二点について、確認願います。主題は書き手にお任せください」とお願いするようになった。企画意図を汲んでくださる人がほとんどで、主題に関して何か指摘する人は二年に一回くらいである。

あるとき、インタビューでは言っていなかったことを付け加えてほしいという追加の要望がきた。

心疾患で苦しんでいたとき、家事や育児を夫が全部引き受けてくれた。ひとこと、夫への感謝を書き添えてほしいというのだ。

気持ちはよく理解できる。が、主題から外れ、読者にも関係がない。

私は、「ご要望に応えると、それは私の作品ではなくなってしまうので、残念ですができません」という意味のことをできる限り丁寧に書いた。

すると、私以上に丁寧なメールが来た。

「そうきちんと反論してくる方だから、私は応募したのだったと思い出しました。あの文章は、ご自分の主題を守る強い姿勢から生まれていたのですね。了解しました。大変失礼しました」

取材協力を惜しまずしてくださった方に対して心苦しさを抱きつつ、深い理解にこちらの頭が下がった。

私は幼いころから人に嫌われるのが怖くて、心にも思っていないことを言ってしまったり、言いたいことを伝えなかったりすることがよくある。「ノー」を言うのが、いまだに苦手だ。

しかし、その女性のお陰で、取材においては小さな自信を持てたのである。とりつくろわず自分に嘘をつかず、真正面から言ったら、伝わる人にはまっすぐ伝わるものなのだと。

〝いい人に見られたい病〟

「ノー」があらゆる場面で苦手という悪癖について、校正作業ではずいぶん楽になったが、その他の仕事やプライベートでは、なかなかうまいことといかない。ギャラの交渉、契約条件のような大事なことから、飲み会の誘いや美容師に告げるヘアスタイル、洋服屋でもあれこれ服を出してもらってしまうと、「いらない」とは言えなくなる。

まるで気の優しい人みたいだが、いい歳をしてその場しのぎの「イエス」を言っては最終的に自分が修羅場になるか、約束を守れなくて相手に迷惑をかけるかなので、優しくもなんともない。むしろ、いい人ヅラをした悪人なのである。

この「ノーが言えない」問題で、いつも壁にぶち当たるのが仕事のスケジュールである。もっとクオリティを上げたい。そのためには時間が必要だ。でも約束した期日を延ばせない。そう思う仕事はたいてい一度はすでに延ばしてもらっているので、二度目は申し訳ないのと、自分の評価が落ちるのが怖くて言いだせないのである。

業界で、「あの人は締め切りを守れないルーズな人」という噂が回ったら困る。いつも約束を守るいい人と思われたい。他人からどう見られるかという表面的なことが、やたら気になり、書籍の締め切りが複数重なっていても、「はい、できます」と言ってしまう。そして週休ゼロ日、半徹のような日々が続いてしまうのである。

「それは重篤な病気だと自覚した方がいいですよ。いいことは何もない」

先日、十年来の付き合いの友人に言われてしまった。

「期日を守ってクオリティの低い作品を納品するのか、約束が守れなくて嫌な顔をされてでも十分な時間をもらって、満足のいくクオリティのものに仕上げるか。どっちを優先すべきですか？ つまり僕は、いい人に見られたいことと、いい作品に仕上げることとどっちが大事かと聞きたいのです。大平さん、いつも同じ愚痴をずーっと言ってますよ。全部、〝いい人に見られたい病〟のせいです」

うぐぐと詰まる。酒の勢いも手伝って、だんだん言葉がきつくなる。いつものことだ。

私も勢いに任せて、かねがね彼に聞きたいと思っていたことを口にした。

「〇〇さんって、ネットやいろいろでバッシングされたことあると思うんですけど、こわくなかったですか。どうしていつも自分をそんなに信じられるんだろうって、私は自己肯定感が低いからか、心臓の強さが羨ましくて。一度聞いてみたかったので」

親しいからこそ、これまで聞けなかった。ジャーナリストの彼は、一部のネット上であることないこと書かれていた。エゴサーチをするとすぐ出てくるが、彼はそんな無意味なことはしないんだろうか。

私だったら、何年も立ち直れないかもしれない。

「いろいろ書かれてるの知ってますよ。ネット上だけでなく、大平さんが知っているよりもっとひどいことを、直接言われたこともあった。でもね、人生はサッカーの試合と同じだと思ってるんです」

ぽかんとしている私に、中高とサッカーに打ち込んできた彼は続ける。

「負けていても、次をめざす。サッカーって、残り時間でなんとかするしかないんです。間違ったジャッジも、理不尽なこともある。でも試合で覆らないでしょ？　自分ができることは、残り時間にいかにいいプレイをして、点を取るか。それしかないんです」

じつはこのとき、いくつかの書籍企画が並行して進んでいた。

今までの私なら、本を出せるのはありがたいこと。どんなに徹夜をしても死にものぐるいで、すべて相手の希望の期日に脱稿しようということばかり考えて、頑張ったと思う。半徹続きによる原稿のクオリティが下がる可能性については蓋をして。

サッカーの試合の話をスマホにメモした翌日、事情を話して、進行していた企画の内二冊を一年先にしてもらった。正直に事情を話して。

どちらも半年以上前から準備してもらっていたので、信用を失うかもしれないと怖かった。ベストセラー作家ならともかく、私なんかがこんなことをいったらマイナス評価だけだ。しかし、このスケジュールではシュートは打てたとしても、絶対にゴールには入らない。精度の低い、そもそも打たなきゃよかったようなものになる。

どちらも驚くほどあっさり、「わかりました。調整します」と対応され、何も恐れていたような反応はなかった。

この言い方が適切かどうかわからないが、良くも悪くも人はそんなに自分を気にしていないのだと思った。そして、編集者も自分も、きちんとした作品に仕上げることが最優先の目標。極端にいうと、人格がどうのという話は関係ない。

どんなアクシデントがあろうと、文句を言おうと、審判は覆らないのだから、つねに次のよりよきゴールを目指して動くしかない。必要な「ノー」は勇気をもって言うべし。

忘れっぽい私は、酒場でスマホにメモした言葉を清書して、保存し直した。

取材は、相手にとっては通過点

『それでも食べて生きてゆく　東京の台所』（毎日新聞出版）にも少し書いたが、「東京の台所」の連載第一回で取材したのは、近所の日本茶喫茶の店主の女性である。当時住んでいた家から歩いて三分だったので、始終仕事の合間に寄っては、一服していた。吉本ばななさんや故・小沢昭一さんが片隅で、静かに煎茶や番茶を飲んでいるのだけれど、誰も騒ぎ立てたりしない。店主の彼女が、そういう穏やかで丸い空気が流れる居心地のよい空間を作り上げていた。

平日の昼間は、彼女とふたりになることも多く、平凡社のサトーさんから台所企画を打診されていた私は、軽い気持ちで尋ねた。

「人んちの台所を訪ねる本を作るんだけど、取材させてくれない？」

彼女の手縫いのカバーが付いたメニュー表や鉄瓶、古道具の湯呑、朱塗りの盆など独自の審美眼で誂《あつら》えられた店の道具がどれも素敵で、きっと自宅もそうに違いないと思ったからだ。

「キッチンじゃなくて、台所っていうところがおもしろいね。オシャレじゃないけど、うちでよかったらいつでもどうぞ」

訪ねてみると、想像以上にひとつひとつこだわり抜いた古き良き料理道具が並ぶ台所の味わい深さは、圧倒的だった。

古い賃貸マンションで、ふたくちコンロに狭めのシンク、蛍光灯付きの吊り棚が下がる、よくある台所だが、朴《ほお》の木のまな板やホーローの糠漬け容器、羽釜、竹のザルや洗いカゴは全部使い込まれていて、大好きなものしか置かれていない。

事実婚のパートナーがいるらしいが、彼の話はあまり出なかった。

慣れないシャッターボタンを押したその日の写真から、朝日新聞デジタルマガジン『&w』の連載が始まり、のちに書籍『東京の台所』の表紙にもなった。どんなに疲れていても、コンロ前の椅子に座って煮込み料理をすると落ち着くのだという彼女の話を書いた。

それから十年後に訪ねた。パートナーが病気で亡くなって三週間後だった。

冷凍庫には、食欲がない彼のために買ったアイスクリームがまだぎっしり入っていた。いたはずの人がいなくなり、書ききったと思っていた彼女のその後の物語を聞きながら、取材したその日がゴールではないという当たり前のことを思い知った。

人を書くという仕事は、果てしなく深い。

先週、〝「○○の台所」を同じスタイルでやってもいいですか〟という問い合わせを、インスタグラムを通じてもらった。noteで記事を書いているという地方の主婦の方だった。私の連載と関連があるように誤認されない形であれば、私が何かをいう立場にないと返信した。過去にもそういう方が、ひとりふたりいた。

もしかしたら「東京の台所」は、簡単そうに思えるのかもしれない。私もこの仕事を始めた頃、そう思っていた。インタビューをすれば書ける。情報を調べてまとめる必要もない。

しかし、書けば書くほど、人を書くのは業の深い仕事だと気づく。選択した言葉が取材対象者の気持ちを表すのに本当に適切か。あんなに胸襟を開き、他では言わないことを話してくれたのに、こんな締め方でいいのか。安易にまとめていないか。こう書くことで誰かを傷つけたり、これから生きていく彼女のやる気に水を差したりすることにならないか。人を書くのは簡単ではない。

台所取材が、情報や事象を書くのと大きく違う点は、答えがないことだ。この先も相手の人生は続き、取材は通過点でしかない。相手の気持ちに寄り添って、けれども読者の視点も忘れずに、適切な距離感で真摯に現在地を書けているかと考えだしたら、答えがわからなくなってキーボードを打つ手が止まってしまうこともある。

前述の通り、『東京の台所』は、編集部で取材対象者を募集している。子どもが不登校で悩む人を書くと、同様の思いをしている人の応募が増える。家族の喪失、親のネグレクト、離婚、ＤＶなど、身近な人に話しにくいテーマを扱ったときもそうだ。応募動機を読んで、あのときの作品に影響を受けてくださったんだな、悩んでいるのはひとりではないと思ってくれたんだなとすぐに見当がつく。

このとき、私は答えのない取材の拠りどころを摑む。

ちゃんと誰かの心に届いている。

もしかしたら、相手を描きされていないかもしれないし、本人からしたらちょっと違うと思うかもしれないが、作品を読んだ人が誰かひとりでも「よし頑張ってあしたも生きてみよう」と思えるもの、「自分も応募して来し方を振り返ってみよう」と思うくらい心震えるものになっていたら、それが正解だ。

読み手の心に寄り添えるような作品をこれからも書きたい。

精神の支柱になった気づきは、読者からの貴重なギフトである。

料理をやめたワーキングマザー

「玄米菜食を勉強して、一生懸命私なりに子育てをしてきたんですが、不登校になったり、拒食になったり。あまりうまくいかなくて」

だんだん声に、はりがなくなってくる。

彼女は、夫が忙しくほぼワンオペで三人の子育てをしている。少しでもヘルシーなものをと自然食の教室に通い、だしや調味料にもこだわって、私から見ても素晴らしい食生活を送っている。

料理や家事は、評価されにくい労働である。恋人同士なら褒めてくれるかもしれないが、家族はそれが当たり前になり、ことに子どもは気を利かせて褒めたりなどしない。食卓に夫がいなければ、彼女はもっと孤独な奮闘になる。

「私から見たら本当によく頑張っておられますよ。すごいです。とても真似できない。三百軒見てきたから本当です」

そう言うと、お相手の目はうるみ、涙が溢れだした。

台所取材は、胸の奥にしまっていた感情を取り出すからだろうか。取材中に涙する人が少なくない。とりわけ、頑張っているのに達成感が得られない。承認されない虚しさを吐露しながら、声をつまらせる人はこの十年間変わらずいる。

そんなとき、私が必ず引き合いに出す台所の話がある。

古い賃貸マンションのよくある間取りで、とくだん収納の工夫やこだわりの料理道具があるわけでもない。けれど、もしかしたら十年間の中で最も印象深く、私の胸に刻まれているかもしれない。台所取材というライフワークに、大きな気づきを与えてくれた、料理をしない女性の話である。

ここに全文を掲載する。「東京の台所」をご存じない方にも楽しんでいただければと思う。

＊

第１８７回「料理をしないと決めた、働く母の日常」

〈住人プロフィール〉

会社員・35歳（女性）

賃貸マンション・２ＬＤＫ・ＪＲ中央線　西国分寺駅・国分寺市

入居6年・築年数19年
夫（会社員・41歳）、長男（10歳）との3人暮らし

ひどく潔い応募メールが届いた。

『料理はほぼしません。週一〜二回、外食や市販のお総菜に飽きたときくらい。でも、コーヒーを飲んでタバコを吸えてひと息つける台所が好きです。子持ちの共働きで全然料理しない女の人ってあんまりいないと思いますが、おもいきって応募してみました』

料理はしないけれど、台所がなんとなく好きだ。そんな人がいたっていい。もちろん嫌いでもいいし、おしゃれでなくても、なんのこだわりがなくても本欄では取材の対象になる。なぜそうなのか深掘りしていく過程で、住人ならではの物語が浮かび上がる。そこを描きたくて、私は連載を続けている。

果たして迎え入れてくれた住人は、応募文どおりサバサバとして、飾らぬ言葉で率直に答える女性だった。十歳の男の子の母。結婚十一年目の夫は会社員で、一緒に暮らし始めたとき、ティファールの鍋や器やゴミ箱など、台所に必要なものをひと通り揃《そろ》えてくれたという。

「私はあまり台所道具やインテリアにこだわりがないので。夫もとくにあるわけではないですが、必要にかられてネットショップなどで買ってくれました」

じつは、子どもが小さいころは頑張って料理をしていた。

「野菜を細かく刻んだら食べてくれるかな、スープにしたらどうかなって、仕事から帰って必死こいて作っても、子どもって、気に食わないと食べてくれなかったりして。費用対効果が合わないなあと。仕事がたてこんでいた時夫には夕食を作れず〝今日作れなかった、ゴメンね〟と彼に謝る。なんで同じに働いているのに、下手《した て》にでなきゃいけないんだろうって思い始めたんですよね」

仕事から帰宅後、ひと息つく間もなくあれこれ工夫して作った料理を、食べない子どもにイライラが募った。連日帰宅が十二時過ぎの夫も、疲れすぎていてあまり食欲がない。

「彼の体を考えて作った料理に箸が進んでいないのを見て、またイライラ。そうやってイライラされながら食べる料理なんて、きっと夫も子どもも、おいしくも楽しくもなかったと思うんです」

自分もくたくたになりながら、残った料理を冷蔵庫にしまい、子どもを風呂に入れて寝かせる。しかし翌日も、残り物はたいして家族が食べたがらない。

はやりの「作り置き」にも挑戦したが、合わなかった。

「休日のまる一日が作り置きでつぶれて、一週間それを食べきらなくちゃと気持ちが追われる。日によって食べたいものが違うのに、好きなものが食べられず、作り置きに縛られることが嫌になりました」

子どもが四歳のある日、ふと保育園の帰りにファミレスに寄った。パスタとピザというありふれたメニューだったが、ふたりでにこにこしながら楽しく完食した。帰宅後はゆっくりおふろに入った。

「片付けもしなくて楽だし、ゴミも出ない。なにより、ずっと笑いながらおしゃべりしておいしいものを食べて、本当に楽しかったんです」

「作らねば」「栄養のあるものを食べさせなくては」と、ガチガチに凝り固まっていた心が、ふっと緩んだのだろう。私にも経験があるのでその時の解放感はよく理解できる。

それから、作り置きをやめた。外食ばかりも行っていられないので、総菜を買うことが増えた。雑穀入りの米だけは必ず炊きたてを用意し、デパ地下やスーパーで買った総菜をおかずにする。簡単な鍋にインスタントラーメンを入れたり、義務感でなく実験感覚で試す料理の時間には苦痛がないと気づいた。

「いまどきのお総菜って塩分が控えめだったり、無添加だったり、本当においしくてよくできていてほんとうに驚きました。有機かどうかや保存料などを気にするより、子どもと楽しくゆっくり食事の時間を楽しみたいので、私はこれでいいと思っています」

平日の帰宅が遅い夫の食事作りもやめた。彼は会社帰りに外食で済ませる。週に一～二度、彼女が食べたいものを作るときは、「今日はごはんあるよ～」とラインを送る。「イエーイ！」と絵文字入りの返事が来る。

「たとえば新じゃがとか、季節のものを突然食べたくなるときがありますよね。そういうときは、どんなに割安でも、たくさん買いません。一食食べ切れる分だけを買って、その日に使い切ります。三パックいくらという食材も、あれを食べなきゃと縛られるのは嫌なので一パックだけ買います」

のどかな埼玉の故郷で、保険の外交員をするシングルマザーに育てられた。食事は祖母に頼りきりであまり作ってもらった記憶がない。そのかわり、母は仕事で都心へ行くと、ふわふわのおいしいパンや、おしゃれで彩りのきれいなサラダを土産に買って帰る。休日はよく外食に行く。子ども心に、土産も外食も楽しみだった。

「母は、無理してストレスに思いながらなにか作るより、おいしいものは買ったり、外に食べに行ったりすればいいっていう人で、私も食事に楽しい思い出しかありません。十歳で離婚して母なりに自分のやり方で私を愛してくれた。最初は試行錯誤の日々だったと思いますが、とても感謝しています」

その母が、最近、なんと菓子作りに目覚めた。

「おいしいものは外で散々食べ尽くしたからって。うちの息子があんこが大好きなんですが、帰省するといまや小豆から煮てあんトーストなんか作ってくれるんです。まさかあの母さんが？　と驚いています」

夫の会社では、料理をしない嫁として有名で、〝鬼嫁キャラ〟で通っているとのこと。下戸の夫と違い、彼女は酒が好きでタバコも嗜《たしな》む。おまけに大のプロレス通。同僚の間で格好のネタなんだとか。

あるとき、彼は同僚から「料理をしない奥さんってどうなの」とまじめに聞かれた。夫は、「疲れて帰ったら、俺だって料理するのはいや。その気持ちはよくわかるから気にしていないって答えたんだ」と、飄々《ひょうひょう》とした表情で教えてくれた。

飲む雰囲気やつまみは好きな夫とは、最近よく休日に居酒屋デートをする。年頃の長男が「俺、いいわー」と遠慮するようになったからだ。

「私はもともと貧乏舌で、素材の味がとか言われてもきっとわからない。これでないとだめ、あの添加物は危険とかいろいろ考えるより、好きな人と普通にお酒飲んで、おいしいものを食べられたらそれで幸せなんです」

彼女は彼女なりのやりかたで、家族を愛し、生活を紡いでいる。家族以外の誰にも、それを否定する権利はない。

今の世の中には体にいい素晴らしいものがあふれているけれど、何を食べるかより、そこに流れる時間のゆたかさこそ大事だと、私はあらためて思う。

彼女の食生活は、毎日にゆとりができたらいずれ変化するに違いない。それは本人も、どうやら予知している。

「ストレスになるなら無理しなくていい。でも私、いつか料理がストレス解消になる日がくるような気がしているんです」

母は、孫の好物のお菓子がきっかけだったが、彼女のそれはさてなんだろう？

「東京の台所」二〇一九年五月一五日（朝日新聞デジタルマガジン『&w』）

＊

食に助けられた人や、紆余曲折を経て今はこだわっている人、何かを乗り越えて台所に立っている人、あるいは最初から料理をしないと決めている人の話は出るが、「頑張ったけれど、ストレスになるだけなので途中から料理をするのをやめました」という母親の話は、連載七年目のこのときが初めてだった。

取材者の目線で、この実例から学んだことを挙げたい。

まず、さほど台所のインテリアや道具、料理にも興味がない。でも母親になったからにはと、最初は頑張った。でもだめだったという人に共感する読者は少なくないと応募文を読んだ時から予想していた。

いざお会いしてみると、身につまされる様々な「イライラ」が出てくる出てくる。なぜ、普通の人なら隠しておきたいような心情を、彼女はこうも率直に語れるのか。

それは、現在の暮らしを肯定し、誇りを持っているからだ。理由をますます聞きたくなる。

どの雑誌やメディアにも、子どもに安全な食材や調味料に配慮した料理をと紹介されているが、鰹だしや昆布だしベースの薄味や、野菜を食べない子はどうしたらいいのか。そもそも食の細い子はという彼女の声は、同じ悩みを持つ親たち代表の問題提起でもある。作り置きに縛られるのが嫌で挫折という経験に、私も、と救われる人は多かろう。

そこから、彼女は独自の答えを見つけ出す。

ファミレスで、笑って食べる時間こそ大事だ、もう栄養なんてどうでもいいと割り切ったのだ。そういえば、自分も働く母のもとで育ち、買ってきたものばかりが並んでも、食事に楽しい思い出しかなかったという。その言葉から、私は、「東京の台所」を通して、親から子へ受け継がれたものを描くという原点を思い起こした。彼女のお母さんは、デパ地下のお総菜ばかりだったかもしれないけれど、娘にいちばん大切なことを教えていた。台所で伝えるものは、レシピやマナーだけではない。

彼女だけでなく、夫も息子も成長しているところがまた清々しい。

「料理をしない奥さんってどうなの」という同僚の問いかけは、いみじくも社会のジェンダー意識を象徴的に表しているし、夫の「気にしていない」という返しもイカしている。ここに、「自分も台所に立つ」という発想がまだない彼を、正直、私は否定する気になれない。たしかITシステム系の会社勤務と聞いた。取材経験上、この職種の人たちはとにかく帰りが遅い。最終電車、休日出勤もざら。業態が、家事シェアの発想からいちばん遠いところにあると痛感していた。少なくともコロナ禍前に会った人たちは軒並みそうだった。

「夫は子どもの寝顔を見ながらお酒を飲んでいます」とあちこちで聞いた。リモートワークのコロナ禍を経て、このような働き方が変わっているのか興味が募る。

「親といるより家でゲームをしていたい息子が、居酒屋に〝ふたりで行ってきなよ〟と言うんで、最近、私たち、デートが増えたんです」と、はにかみながら答える彼女は本当に嬉しそうだった。

タバコもお酒もプロレスも無問題。お連れ合いは、こういうところに惚れているんだろう。

冒頭の三人の子育てをしている女性に、長々とこの話をした。

そうそう、子どもって、こっちが体にいいものを一生懸命作ったものに限って、そんなに喜ばないし、食べてくれないんですよ。うんうんわかります。わー、そっかあ。

涙目でたくさんの相槌をうつ。

心を揺さぶられる取材対象者からの学びは、読者だけでなく別の取材相手を励ますこともある。

ファミレスの彼女のように、今目の前に対峙している取材者が、その後の自分の作品を大きく変えるきっかけになることもあるので、市井の生活者へのインタビューはやめられない。

インターフォンを鳴らすときのワクワク感は、私とカメラマンの本城直季さんだけが知る、この連載の楽しみのひとつなのである。

二章　ライター、降る日晴れる日

春の道

教師か保育士か公務員こそ、最良の仕事だと言われて育った。それが無理なら地元の銀行か農協を。この話を新潟出身のニットデザイナー、三國万里子さんにしたら「田舎の女子あるあるです」と深く共感された。

それら職種の共通項は〝安定〟である。長野で九人兄弟の六番目として育った父は、高校のときに自営の両親を亡くし、東京の大学に通っていた長兄と次兄が急遽帰郷。ふたりに教員をしながら養ってもらったことが大きいのだと思う。父は高校卒業後、治山事業を学ぶ二年間の専門学校を経て公務員になった。母は、呪文のように「お父さんのように安定した職業を」と唱え、それ以外に選択肢がない空気だった。私は東京の大学で文学を学びたかったが、にべもなく却下された。そんなお金もないし、女に大学は必要ない。文学なんて勉強してなんになるの、地元の短大で十分。浪人もだめ。

ぎりぎりの妥協案が、日本福祉大学という愛知の小さな大学併設の短期大学部保育科(のちに廃止)だった。すべて消去法だ。

保育士になりたいわけでもない。子どもは嫌いではないから、保育学でいいか。でもそればっかりじゃ耐えられそうにないな。文学以外学びたいものが思いつかなかった私に、社会福祉だけは、少しおもしろそうに思えた。当時は社会福祉を専門に学べる大学がふたつしかなかった。学費も安い。

落ちたら地元の短大になってしまうので、親に内緒で友達にお金を借りて、もうひとつ愛知の短大を受けた。のちに合格通知でばれ、親が友達の家に謝りに行った。

そんなふうにして、やる気のない短大生は父の運転、母は助手席で知多半島に向かった。受験したときは、キャンパスが名古屋市のおしゃれな文教地区にあったのに、私の入学年から知多半島に移転した。

車が名古屋市内から知多半島に入ると、道の両脇に橙色の実をたたえたみかんの木がぽつぽつ見え始めた。母が言った。

「一枝は、今日からみかんの実がなるところに住むんだねえ」

語尾に涙声が混じり、そのうちしくしく泣き出した。

実家では口喧嘩ばかりして、ぶつかっていた母の涙に驚きながら、「ゴールデンウイークには帰るからすぐだよ」と、できる限り明るい声で返した。運転席の父は黙って前を見ている。

長野はりんごの木はあるが、みかんはない。こんな遠くにという母の寂しさが橙色から伝わる春の道が、十八歳の原風景である。

後ろ髪の誓い

消去法で進んだ短大で、たいして勉強に身が入らず、保育園と幼稚園実習では、ピアノが一曲たりともまともに弾けず、おちこぼれた。幼稚園教諭も保育士も、自分にはどうもしっくりこない。

そんななかで唯一熱中できたのが、障害児入所施設の実習だった。知的障害児の日常生活の指導、自立に必要な知識技能の訓練を行う施設である。母校は、単位取得に、幼稚園・保育園・社会福祉施設の三種の実習が必要だった。

乳幼児より、会話ができる大きな子どもに接する方が楽しい。講義も、保育学より社会福祉論のほうが断然おもしろい。差別の構造、社会で福祉が二の次にされる理由など熱く語る名物教授が何人もいた。

一週間ほどの実習なので触れられる子の数は限られているが、どんな子とでも話すと楽しい。十代の子たちは、とくに楽だった。自分が無理せず自然体で懐に飛び込める。障害のあるなしではなく、自分は小中高校生と相性がいいのだなと直感的に思った。

短大卒業後は母校の法人が経営していた児童養護施設に保育士として就職。担当は小中学生男子。様々な理由で親の養育を受けられない子どもたちの生活や宿題の世話、学校行事や進路相談にも行く。一見荒れた言葉を使う男子も、トランプで恋占いなんかをしてあげると、「俺も俺も」と列を作ってかわいらしかった。

学校で問題を起こす子もいる。パチンコ屋で補導された中学生も。職員のいないところで暴力やいじめもなくはなかった。「おーだーらー」と呼び捨てにされたら「お前のパンツもう洗わないからな」と応戦する。もしかしたらあのとき、多少のコミュ力はついたかもしれない。いろいろ難しい子でも、いいところを見つける癖がならいになった。

昼間、番長のように強がっていても、遅番の仕事が終わって二十二時に帰ろうとすると、「せんせー。絆創膏貼って」とやってくる。とにかく、やたらと帰りがけに幼い子から中高生まで、こっそり起きてきては絆創膏を欲しがる子が多く、最初は面倒だった。こちらは早く終業したいのに、たった一枚のために保健室に連れていくなんて、と。

だが、まもなく気づいた。

保健室は、ふたりきりになれる。朝から晩まで集団生活を送る子どもは、職員を独占したいときがある。こちらも二十歳そこそこの若造でお母さんとまではいかないが、優しい言葉といたわりを一瞬でも自分だけに向けられる保健室は、彼らにとって大事な時間なのだ。

保育士の傍ら、学生時代の友達が就職した名古屋の音楽事務所でちらほら作詞をした。「文学サークルで同人誌作ってたよね」と、思い出して声をかけてくれたのだ。

地元ＣＭの作詞をしたり、作詞のコンテストに応募したり、細い糸ながらも書くことと離れずにいた私は、作詞を通して東京在住の女性ライターと親しくなる。東京に行くと何日も泊まらせてもらい、あるとき「そういう仕事をしたいんです」と相談した。「今、ちょうど信頼できる社長がやってる編集プロダクションでひとり募集してるよ。でも求人出したらすぐ埋まってしまうと思う」

とっさに担当をしている子どもたちの顔が浮かんだ。どんなに考えても、すぐ辞めるわけにはいかない。履歴書を持って一度会わせてくださいと頼み込み、四谷三丁目の雑居ビルでボスに会った。女性週刊誌の編集長を経て、自分で会社を興した人で、正社員は八人、その他契約社員やフリーのクリエイターの人たちがあちこちで打ち合わせをしていて、にぎやかな部屋だった。

諸条件など話したあと、思い切って言った。

「児童養護施設で担当の児童を持っていて、どうしても二学期が終わるまでは面倒を見たいので、すぐには上京できません。待っていただけないでしょうか」

入社後、「あのときはボスは、すぐにでも来てほしかったが、仕事の責任を全うしようとする姿勢を見込んだと言っていた」と同僚から聞いた。

養護施設を辞めるとき、後ろ髪を引かれるとはああいうことを言うのだろうと痛感した。小さいころから文章を書きたかったこと、その夢のために雑誌の編集をする会社に入る。だからみんなとお別れしなければならないと、正直に告げた。

「そうなんだ、元気でねー」とさっぱりした顔で言う子どもたち。

子どもながら、だれもが重い別れを経験している。長期休みにも親が迎えに来ない子もいる。先生、あんたもどっか行っちゃうんだねと、思わせていることがたまらなくせつなかった。別に僕は追いかけないけどねと、だれもが淡々としている。そう〝装っている〟ように見えた。

君たちの人生より自分の人生が大事なのだと、行動で明かしたあの後ろ髪の感覚は、死ぬまで忘れないと思う。子どもたちから見たら、自分たちの面倒を途中で投げ出した無責任な保育士でしかない。

だから思った。東京ではぜったいやりきろう。書く仕事で食べていけるよう学んで学んで学びまくってやろう。でなければ、後ろ髪の苦しさから逃れられない。

「離島に住む人にわかる？」

「悲しい話に、〝悲しい〟という言葉を使うのはだめです」

人より遅い二十六歳で出版の世界に足を踏み入れた私に、編集プロダクションのボスは、幾度となく説いた。おいしいものを〝おいしい〟と書かない。恋愛話に〝愛〟と〝恋〟を、別れ話に〝サヨナラ〟という言葉を使わない。感動話は〝感動〟と書かずにいかに心が震えたかを伝えよ。

女性週刊誌出身の彼は教え上手なうえに、穏和でどんな素人にも声を荒立てたりいらついたりしない。口調は丁寧だがしかし、原稿はバッサリ容赦がない。

ポンコツ編集者のくせに「原稿を書かせてください」と願い出ていた私は、四年間の社員生活で同じことを注意され続けた。ボスの席に呼び出されては、タバコの煙をくゆらせ低い声で言われる。

「あのさあ大平さん、このカタカナだらけの原稿、青山に住む人にはわかるけど、離島に住む年配の人にもわかると思いますか？　文章でいちばん大事なのは、誰に対してもわかりやすいこと。自分だけわかった気で書いたもんは商品にならないよ。これ前も言いましたよね。もう、僕に言われたこと机の前に貼っといたら？」

文章の種類にもいろいろある。ここでいうそれは、当時携わっていた女性誌の原稿を指す。広く大衆に向けて、お金を払ってもらって読んでいただく文章は、ひとりよがりであってはならない。かっこつけた、聞こえのいい言葉を、わかったふうに使うなというわけだ。

今でもときどき、「この文章をボスならなんと言うかな」と考えることがある。ある意味で、いまだにボスの機嫌を窺いながら書いているのである。

古巣はずいぶん前に解散し、すでにボスはいない。もう御礼を言えないので、多くの人に伝えることが恩送りになると、勝手に信じてこの文章を書いている。

ポンコツ編集者の文章修業

映画や演劇のレビューを書くとする。特徴的なところは、誰もが書きたくなる。結果、誰が書いても似たような文章になる。

編プロで十代の女の子向け月刊誌を担当していた際、たまに新番組の記者発表に行った。たくさんの媒体がその日に集まり、主演の役者や脚本家、プロデューサーという同じ人に、同じ作品について聞くので、内容も似通う。そんなとき、ボスによくこんな助言をされた。

「困ったらその日の天気を書きなさい」

「目に映ったもの、におい、色、暑さ寒さ。なんでもいいから書き留めておくといい」

たとえば映画の試写の場合。

リリース資料は皆に配布されるし、見どころもわかっている。どうやって差別化を図ろうと考える時、道中の天気が役に立つ。雨でも晴れでも、空気が湿っていても、天気には表情がある。そこと結びつけると新たな展開がある。

試写会場に着く前は小雨が降っていた。観終わったあとはどうなっているか。都合よく晴れているということもそうそうあるまい。雨足がいくらか弱まっているか。あるいは強くなっているのか。映画の感想とセットにして綴ると、個性的な表現になる。

書き出しが〈濡れるほどでもない、柔らかな小雨が降っていた〉。

映画を観終えたあとも天気が変わらなかったら、そのまま書く。

〈試写室をあとにした。雨は止んでおらず、ゆきかう車のフロントガラスを相変わらず濡らしている。だが私の足どりは、来るときよりいくらか軽くなっていた〉

雨足が強まっていたら、

〈試写室をあとにした。雨は止むどころか、来たときより強く肩を濡らす。だが心の中はサラサラと心地よく乾いている。私の中にだけ夏が来ていた〉

心が晴れるスカッとした作品なんだな、あるいは勇気や元気をもらえるんだなと伝わる。

いっぽう、誌面に紹介しなければいけないが、何も心が動かないこともある。作品がハズレの場合も見越して、ボスは、「家を出てから作品を観て帰るまで、目に入るものはすべて記録しておきなさい。あとあと何に役立つかわからないから」と保険として押さえさせるのだと徐々にわかってきた。変な言い方だが、紙幅を埋める材料が増えるのはいいことだ。小説でもわかるように、気候と心情はリンクさせやすい。作品に関係ないと思ってもやれと言われた気候のメモは、今もあらゆる場面で役に立っている。

初めての原稿料と欲の皮

人生で初めて文章でお金をもらったのは二十六歳である。名古屋時代、ご当地アイドルや地方CMの作詞料はもらったことがあるが、原稿料は二十六歳で上京した一カ月目。学生時代に属していたサークル、文学研究会（文研）の後輩からだった。

ひとつ下の彼は大学卒業後、社長ひとり社員ひとりという詩が専門の出版社に就職。ところが社長が急逝していきがかり上、社長になっていた。

上京を知らせると、気を遣ってエッセイを依頼してくれた。今でもその冊誌は手元にある。経営のため、地方のタウン誌の編集も担っており、その一ページだった。忘れもしない、一本五万円の原稿であった。

編集の世界に飛び込んだばかりの無名の人間に、その金額がいかに破格だったか、当時はわからずにいた。これっぽっちの文字数で、こんなにもらえるのか。出版の世界は楽だな、くらいにしか思っていなかった。彼が、上京したての私のためにどれほど骨を折ってその稿料を捻出したか、想像できるようになったのはもっとずっとあとのことだ。

一冊の編集を彼の会社が下請けし、外部のライターやカメラマンにギャラを払う。当然ながら外に支払うギャラが多いほど、自分の取り分が減る。自分も編集プロダクションで、フリーランスの人たちのギャラを計算するようになって、初めてお金の流れについて知った。出版社は、媒体ごとにおおよその原稿料のページ単価は決まっていることが多いが、編集プロダクションはそうとも限らない。外部の人に支払うときは、関係性やキャリア、仕事の難しさやキツさによって案配を図ることが多々ある。「一ページいくら」ではなく、「この仕事は大変だったからまとめて〇円にしよう」、逆に「予算がないから、きりのいいところで〇円で、申し訳ないが泣いてもらおう」などなど。

先輩に対しありったけの気遣いを施してくれた彼の出版社はもうない。「ありがとう」が宙に浮いたまま二十余年が経つ。

文研で、もうひとり、何年かぶりの連絡で仕事を打診してくれた後輩がいる。こちらは編プロ独立後まもなくで、私の欲の皮がつっぱって失敗した話である。

自動車メーカーに就職した彼は、どういうめぐり合わせか、数年後大きなＡＶメーカーの副社長になっていた。フェイスブックには、タワマンらしい素晴らしい部屋でくつろいだり、高級レストランのおいしそうな料理がいつもアップされたりしていた。

ある日「コンペになるのですが、編集プロダクションにいたなら、うちの会社案内を作ってもらえませんか」と相談が来た。

たしか経費込みでギャラは百万円。お金の話ばかりで気が引けるが、とにかく破格だった。そこで私は、会社に話を振らずに、親友の女性カメラマンと個人で受けることを企てる。

後輩からは、「せっかくうちに入社が内定しても、親御さんが反対するケースがあとをたたない。会社のイメージがアップするような内容にしてほしい。必要項目以外の表現は自由です」といわれている。

フランス生活が長く歴史好きの親友が、奇想天外なアイデアを思いつく。

「ポンペイ遺跡で撮影しよう！」

「ポンペイって？」

「あんた、ポンペイも知らないの。火山の大噴火でひと晩で滅びたイタリアの古代都市だよ。火山灰が降り積もって街全部が埋没したんだけど、一瞬で人間や建築が灰に覆われちゃったから、形がそのまま残って、のちに発掘されたの。男女の営みの最中の壁画もあるんだよ」

人のお金で旅したいという腹黒い野望が後輩に伝わらないわけがなく、張りきって作った企画書のコンペ結果は来なかった。あえて「落ちました」と伝えず、時間の経過で悟らせたのは、先輩の私のプライドを慮《おもんぱか》ってのことと思いたい。私も怖くて聞けないまま、しれっと何ごともなくメールのやり取りがいくらか続いた。

やがて自然に連絡は途絶え、彼は最近、社長を無事勤め上げ引退したと噂に聞いた。

親友とは、その後何度も国内外を旅した。もちろん自腹だ。

その後もときどき、いろいろな企業や学校から、会社案内や入学案内のカタログの仕事に声をかけてもらう機会があったが、なんとなくあの恥ずかしい目先の金に目がくらんだ若い日が思い出され、一度も引き受けていない。

無知の嵐

三十歳の臨月に、編プロを退社した。前年に、母校の学生寮で一緒だった人と結婚をした。彼は学生時代から名古屋市の芝居小屋に通い、そのまま就職。私の上京後、しばらくして東京で映画製作の仕事についた。

当時、あんなに世話になったボスに黙って、個人名義でもライターをやり始めていた。平日の帰宅後や土日を使い、約二年間休みはほとんどなしで、会社以外の仕事を受け、給料より高い収入の月もあった。

しかし、浅ましい嘘は必ずばれるようにできている。

隠れてやっていた内職の方のタレントさんの取材で、フリーランスの名刺を切らし、おろかにも会社の名刺を苦し紛れにマネージャーさんに渡してしまった。いつも最初に退社するボスが、ある日なぜかたまたま最後まで残っていた。そこにマネージャーさんから校正紙がFAXで届いたというわけである。

夜遅く、ボスから電話が来て低い声で開口一番「この仕事、うちのじゃないよね」と言われた。自宅に電話をもらったのはあれが最初で最後だ。

翌朝、平身低頭して謝った。ボスはいつものように平静で、なにかひとこと釘を刺すくらいで終わった。そのときから、フリーライターとして独立を視野に入れ始めた。数々の先輩社員の通例から、ボスもその時を見越していたように思う。

そうこうして出産のギリギリまで働き、当時四谷・荒木町にあった「肉の万世」でもったいないほど豪華な送別会を開いてもらった。内職をしていた社員に黒毛和牛のすき焼きをふるまう上司はどれくらいいるのだろう。私は四年間しか会社勤めの経験がないのでわからない。約十年後、事務所関係者が一堂に集まり、一度だけボスを囲んで食事会をした。ひとり一言ずつ話したのだが、私は立ち上がったら涙が馬鹿みたいにあふれ出して困った。「あのとき教えていただいた遺産で今なんとか食べられています」。皆がうなずいていた。

子どもがいると、時間を自由にやりくりできるフリーランスのほうが働きやすい。

三十歳の出産と同時にライターとして独立し、今に至る。

長男出産後は四カ月目から、長女は二カ月後から仕事に復帰した。娘のときは、産後三週間で打ち合わせに。気を遣わせてもいけないので、編集者に出産を告げなかった。出版社のビル前に停めた車に娘と夫を待たせ、私は会陰切開が塞がっていなかったので編集者にわからぬよう腰を浮かして座った。

そんな働き方は絶対に良くない証拠に、私はまもなく痛い目に遭う。詳しくは三章「フリーランスの母つれづれ」に綴りたい。

つねに心に三つの球を ―― 書籍企画の育て方

独立後は、知り合いのつてを頼って必死に売り込みをした。顔の広いカメラマンや先に独立した先輩が、ここへ行くといいよと紹介をしてくれた。「じゃあちょっと仕事を手伝って」と先輩に頼まれたときの嬉しさも忘れられない。そこから人脈が広がり、次は単独で依頼される。それを見越しての気遣いが本当にありがたかったので、この恩は次の人に返そうと思うようになった。その後、編プロの後輩から退職を相談されるといくつか仕事先を紹介した。あとから独立した同僚と、仕事を分担して受けたことも。「恩送り」というのだろうか、古巣はそういう気風のある会社だった。

全く見ず知らずの編集部で、憧れている雑誌なのでどうしてもやりたいというところに電話をして飛び込んだのは二社である。

小心者なので、同じフリーの友達Sと二人で行った。ひとつはファッション誌の別冊の、『ワーキングマム』版だった。当時はワーキングマザーという言葉の出始めで、その言葉が雑誌に冠されること自体が衝撃だった。

フリーライター界隈で、子どもがいる仲間はSしかおらず、互いに幼い子を抱えて、不規則なこの仕事をどうやりくりすればよいのか、毎日が綱渡りのような生活だった。思い返しても、暗中模索という言葉そのもの。保育園の迎えの十八時までに必ず終わる仕事ではなく、周囲にロールモデルがいないのが痛かった。

藁をもつかむ思いで毎晩覗いていたのがパソコンのコミュニティ「ワーキングマザーフォーラム」である。メーカー、商社、広告代理店、小売店、占い師、漫画家、さまざまな働く母たちが毎日情報交換をしていた。なるほど占い師は十八時からがむしろ佳境。定時に終わらない仕事の人は他にもこんなにいるんだな、私だけではないのだと、ハンドルネームしか知らぬ画面の向こうの女性たちに連帯を感じた。大企業は恵まれてると勝手に羨ましく思っていたが、現実は違った。時短や育休という言葉も絵に描いた餅という時代で、妊娠したら辞めるのが一般的。男性と同様に昇級したい、今のやりがいを諦めたくないと、出産後も同じ会社で働きつづけることを選んだ女性たちは、マイノリティだった。みんな私のように困っている、というのが最大の発見で、フォーラムは愚痴を吐き出す場所でもあった。子どもが熱を出したときの病児保育やシッター情報、夫はどれくらい手伝っているか、いや同じ働く人間同士「手伝う」っておかしいだろうという論争など毎晩画面の中が熱い。

ムギというハンドルネームの主催者が勝間和代さんだったというのは、ずいぶん経ってから知った。

そんなわけで私とSは、「あの著名なファッション誌にワーキングマザー版ができるなんて」と特別な興奮を抱き、勇気を振り絞って飛び込んだのだ。オラオラとどこへでも飛び込み、売り込みそうに見える私だが、そこだけはノミの心臓なのである。

前フリが恐ろしく長くなったが、ここからが本題である。

しばしば、書籍企画もどうやって売り込んだのですかと今も聞かれるが、「これを書きたいので本を出してください」と、じつはなかなか言えない。先日、おない年の仕事仲間に言ったら、「私もそうだ」と激しく首を縦に振っていた。バブル世代の残り香を知る世代は、ガツガツしているように見えて、変なところで気が小さく、厚かましいと思われることを異常に気にするというのが私の偏見に基づいた持論である。なんだかどこかに「武士は食わねど高楊枝」精神がある。良くも悪くも昭和のかけらを引きずっている。

しかし持ち込みが全くないわけではなく、自分から知り合いに相談したのは、初期の〝働く母のアトピー育児〟、〝コーポラティブハウス〟をテーマにした二冊と、ふだんのジャンルとは異なるがどうしても書きたかった『届かなかった手紙――原爆開発「マンハッタン計画」科学者たちの叫び』（KADOKAWA、二〇一七年）である。

では、どうやって、小説家でもない、自分からガツガツいけない人間が、人や暮らしをテーマにした企画を書籍にするか。

「なにか書きませんか」「なにか企画ないですかね」と言われたら、とにかくすみやかに球を三つ投げられるようにしていた。

本を出すと、少なくとも出版社でそのジャンルが得意な編集者はチェックしている。たとえば古い生活道具を愛する人のライフスタイルを描いた『ジャンク・スタイル』（二〇〇三年）は幾度か版を重ねたこともあり、インテリアやデザイン、工芸、生活実用に興味のある編集者から似たような依頼が来た。本というのは名刺のようなものなのだなあと実感した。その前のアトピー育児とコーポラティブハウスはそういうこともなかったので、体験記は難しいかもしれない。重版していないことも大きいだろう。

とはいえ、こちらは同じようなものをまた書きたくない。書いたら〝インテリアの人〟になってしまう。自分は、〝大量生産、大量消費の対岸にいる人の価値観を記す〟が信条だ。実際、次著が出るまでしばしば〝インテリアの人〟と称され、世間はカテゴライズをしたいものなのだと痛感した。そのほうが説明が短くてすむのでしかたがない。

「おっしゃっていただいたテーマもありがたいのですが、こういうのはどうでしょうか」

胸に三つの変化球を用意しておいて、相手が好きそうなものを選んで投げる。相手に迎合するのではない。持ち球のなかから、編集者という捕手が受け止めやすそうな球を選ぶのである。

「うーん」と言ったら次の球。三球目も「うーん」だったら、その出版社とは縁がないと思った方がいい。その人は、二四目のドジョウが欲しかっただけで、特段こちらのテーマ性には共鳴していないことの証左だからだ。と、だいたい一球目でストライクになり、三球目までいったことがないことから気づいた。お相手は、書き手としてのテーマ性や文体に共鳴して声をかけてくださったんだな、と。

球がひとつ欠けたら、補充せねばならない。義務でやるものではなく、裏テーマがあれば、ふだんから「もうちょっとこの方の話を聞きたい」とか「このテーマを掘り下げたい」という思いが膨らむ。その芽に常時水をやり、育てていればいい。

何も聞かれていないのに、突然「今、キャッチボールしていいですか」はいまだに言えない。

持ち込んだ前述の『届かなかった手紙』は、ゴーストライターをしがらみで引き受けざるをえなかった仕事（前任のライターが突然降板、緊急で助けてほしいと相談された）の打ち上げの帰り、電車で「じつは私、こんなテーマを考えておりまして」と打ち明けた。編集者と互いに今後どういう仕事をしていきたいかと話していたときで、今ならキャッチボールができるのではと思った。その球は三、四カ月前から育てていた。編集者はノンフィクション担当であったことと、ゴーストライターという貸しを作ったという計算も正直あった。たぶん、貸しもなく、帰りも一緒にならず、その人が生活実用の部署などであったら言い出せなかった。キャッチボールをいつ、どんなタイミングで、誰とするかというTPOも大切である。

さて、ワーキングマザー誌の売り込みのその後である。

無事仕事を二回もらえたが、半年も経たずに休刊。丁寧に応対してくださった企画発案者で、自身も子育て真っ最中だった女性編集長は、その後まもなく早期退職をしたと風の便りに聞いた。育児とハードワークの両立に心折れたのか、充実のセカンドライフのためか、詳しいことはわからない。

背筋がすっと伸び、キリッとした眼差しの美しい人だった。

なんでもできるのは、
なんにもできないと言っているようなもの

二社目の売り込みは今も鮮明に覚えている。『サライ』という雑誌だ。どんな遠いツテもない。当時創刊数年目。歳を重ねた大人向けの文化情報誌で、Sも私もむしょうに憧れていた。旅、人物、工芸、アート。ワンテーマを深掘りしていて、写真とデザインが美しい。手だれたライター陣による落ち着いた完成度の高い文章にも惹かれた。

幼子を抱え、髪を振り乱して保育園と自宅を往復している我々が、なぜシニア向けの雑誌に魅かれたのか。おそらく、当時の自分のなかにはかけらもない美しいゆとりがあそこにつまっていたからだろう。わちゃわちゃした細かい情報のかき集めではない静謐さは、そのときの自分の仕事にない匂いだった。

私は編プロ時代にSと担当した資生堂のPR誌や、独立後に書いたタレントインタビュー、一部の執筆を担っていた『別冊太陽』などありとあらゆるジャンルを、できるだけすごそうな厚いスクラップにして持参した。

ベテランらしき女性編集者が、黙ってひとつひとつ目を通した。ＰＲ誌を見ながら確認する。

「これ、全部あなたたちおふたりで？」

「あ、はい」（本当は編プロの一社員としての仕事だったけど）

「企画提案からなさったの？」

「はい」（提案は編プロとしてだったけど）

「毎号？」

「……はい」

「そう」

それ以上聞かれなかったが、詭弁であるとわかっている空気がありありと伝わってきた。キャリアから言っても、新米の我々が大企業のＰＲ誌を個人で受けられるはずがない。自分を少しでも大きく見せよう、詳しいところまでわかるまいというずるさなど、早々に見抜いていたに違いない。相手は日々売り込みを受けている。

立派なビルの一室で、実力もないのにハッタリだけで生きのびようとしている小賢しい虫のような気持ちになった。

物腰は柔らかいが、作品を見るときの険しい眼差しには、うちはきちんとした書き手しか使わないというきっぱりとした矜持が宿っていた。憧れていた雑誌は、こういう誇りと心情を持った人たちが作っているのか。

私とSは、「きっとだめだね」と言いながらすごすごと帰った。売り込み失敗である。後に残念な予感は当たった。

三、四十分の出来事だが、その日のことはやけに隅々まで鮮明に覚えている。たとえば、分厚いスクラップブックを見終えたときの編集者のひと言。

「なんでもできるっていうライターさんはお願いしづらいんですよね。得意分野がないと」

なんでも書けます、と言うのは、なんにもできないと言うのと同じだと解釈した。広く浅く書けてもしょうがない。多様なコンテンツを扱う雑誌だからこそ、ひとつに秀でた人が編集部にとっては武器になる。ただ憧れていただけの私たちは間違っていたのだ。その雑誌に関わる自分になりたかっただけで、伝えたいものがあるわけではなかった。

二度と会わないと知っていながら、編集者は私たちに書き手としてのヒントを指し示してくださったとも言える。

それから、帰りの出版社の階段。なんとなく立派なエレベーターに乗る気になれず、小さな非常階段のようなところを使って降りた。私とSはそれぞれ保育園の迎えがあり、じゃあねと別々の地下鉄に乗った。

切らしたら困るもの

紙と鉛筆とパソコンがあればできるのが、私の仕事だ。取材でメモを取り、仕事場では大画面のｉＭａｃで、出先ならＭａｃＢｏｏｋ Ａｉｒで執筆する。

後者は十一年愛用の軽くてこぶりな十一インチ。最軽量のこのサイズは二〇一五年を最後に販売終了になってしまったので、股関節を痛めて以来重いものが持てない私は、いつ壊れてしまうかとヒヤヒヤしながら大事に使っている。少しでも画面の立ち上がりが遅いと、異常なくらい慌てる。フェルトのノートパソコンケースに、不器用な手縫いでマグネットを縫い付け、開閉も私仕様に。「今日もちゃんと働いてちょうだいね」と、毎回祈るような気持ちで、コメダやスタバで開く。

重量は変わるにしてもＭａｃは代わりがあるからよいが、これがなくなったら商売上がったり、私の廃業どきだと本気で憂いている道具がある。

ＢＩＣのボールペンだ。一九六一年、フランスにて発売開始。オレンジ色のボディで知られ、世界中の労働者に愛されてきた。するするとなめらかで書きやすく、安価で長持ち。

筆記距離は二キロメートルとのこと。日本でも、昭和の昔から、運転手や八百屋のおじさんが耳にはさんでいたあれで、私がこよなく愛している品名はビックオレンジ・イージーグライド・ミディアム（一・〇ミリ）。インクは黒で、いつもネットで最安値の一ダース単位で買っていた。まとめ買いだと一本九十円ほどである。

ＩＣレコーダーを使わない私は、このボールペンの滑りだから取材をこなせたと言える。相手の話す速さに遅れず、手がついてきてくれる。つまり、聞きながら書き取るスピードが落ちないのである。様々なボールペンを使ってきたが、これほど紙の上をなめらかに滑るものを他に知らない。

ところが二〇二一年、私にとって大事件が起きた。ビック社が、全世界でオレンジ・イージーグライドを廃番にすると発表したのだ。青天の霹靂《へきれき》のようなネットニュースを一日遅れで目にした私は、大急ぎでネット検索をした。

時すでに遅し。ありとあらゆるショップで売り切れており、オークションサイトは一箱（二十本）六九九九円になっていた。それでもいい、これがないと商売にならないのだからと注文して届いたのは青インクだった。

日本にこんなにもビックオレンジを愛していた同志がいたのかと驚く。フランスの本社にも伝えたいくらいだ。どこにでも当たり前にあった小さな働き者の人気の根強さを。

黒を求めて、近隣の文房具屋に電話をかけまくったがない。地元に一軒だけある文具店に駆け込み、「ビック、」と言いかけると申し訳なさそうに「在庫ゼロなんですよ。売り切れちゃった。新しい〇・八ミリならあるんだけど」と店主に言われた。ビック社は、廃番決定と同時に、筆記距離が三・五キロでクリスタル オリジナル ファイン〇・八ミリというエコな新商品を発売している。

いいのいいのエコじゃなくて。三・五キロじゃなくて。握りやすい六角形の軸の、ときどき油性インクが指についてしまうあれでいいのと、時代に即した企業努力を無視して地団駄を踏む。

しかたなしに買った青インク二十本と、廃番ニュースを聞く前にたまたま買い置きをしていたひと握りが命綱だ。〝ひと握り〟とざっくりした表現なのは、残りの本数を怖くて数えられないため。ベトナムに住む息子夫婦に、文具屋で見かけたら買ってもらうよう頼んだら、見た目はオレンジ色の軸でとてもよく似ているけれど書き心地が全く違うドイツ製の青いペンを探してきてくれた。「ＢＩＣってのはなかったよ」と。かの地にも、血眼になってボールペンを探し回っている私のような人がいるのかもしれない。姿も知らぬ異国の同志と、この残念なニュースのショックを語り合いたい。

「仕事を何歳まで続けようか」と、たまに仕事仲間と話題になる。体調や時代や生きがいに対する価値観など、みなそれぞれ真剣に考えているが、私は心のなかでそっと答える。

――あのボールペンがなくなるまで。

昭和の生き残りの小さな働き者が、私の人生の舵を握っている。

暮らしを書く場所

しばしば書くテーマによって、執筆の場所を変える。

たとえば、隔週で五年間連載をしたエッセイ「あ、それ忘れてました（汗）」（ウェブサイト『北欧、暮らしの道具店』）は、いつも一週間のすべての仕事を終えた金曜日の昼過ぎから、近所のテラスのあるコーヒー店で書くのがルーティンだった。紅茶が一杯四百三十円のきどらないチェーン店だ。下北沢に越してきた二〇〇〇年から通っている。長居するときは二杯、三杯頼むが、どれだけいても注意されたことがない。コロナ禍以降は、コンセント付きのワーキングエリアも設けられた。

私の仕事は大別すると四種ある。インタビューを軸としたノンフィクション、寄稿、エッセイ、著書。昨年は連載が十三本という月があった。隔月や季刊を抜くと八〜九本。それ以外に、著書や単発の依頼原稿がある。

毎月連載のうちのひとつ「あ、それ〜」が、唯一身の回りの暮らしがテーマであった。

その店は、ときどき借りるコワーキングスペースやファミレス、スタバよりずっとつきあいが古い。この街に越してきたときから、私の生活の一部になっている。あるときそこで書き始めたら、日常の出来事が次々浮かんできた。大きな窓からはスーパーの袋を山盛り自転車に積んだ女性や、ベビーカーの子連れママ、学生、スタジオ帰りらしい楽器を担いだ若者が見える。修学旅行生や外国人観光客以上に、私は生活の気配が伝わるその人たちの行き交う姿から、思い起こすものがたくさんあった。

暮らしの連載のネタは、二十四時間、書いていない時間もそのために脳を動かしているようなところがある。「さあやりましょう」と思ってすぐ書きだせるものでもない。毎日のことだからすぐ思いつきそうだと考えられがちだが、日常のことほど流れてゆき、とりとめがない。

だから、気になったことは始終メモしている。日々の隙間にちょっとひっかかった違和感、心が動いた誰かの言葉、気づきのしっぽをつかまえて言語化する。「脳内メモ」と命名しており、昔はパソコンの「供養ファイル」(一八〇頁)に保存していたが、今はスマホのメモ機能を使う。私以外誰にもわからないキーワードの羅列である。

一週間の脳内メモを取りまとめ、「よし」となるのが金曜日の昼下がり。その店の席もだいたい決まっている。首尾よく書きあがったときは、三、四杯目はハートランドの生ビールに。一週間のひとり打ち上げをして一杯飲んでから自宅に帰り、夕食の支度を始める。

かたや、腰を据えて一冊書かねばならない、事実関係を確認しながら全体構成も意識しつつ進める仕事のときは、近所の国立大学のカフェに行く。

敷地内の飲食店が地域に開放されているここがまた便利で、近くにあるのに秘境の地のよう。あまり知られていないのか、一般人は少ない。

目見当で百席ほどあり、広くて安くてコンセント・Ｗｉ－Ｆｉ付き。学食と違って、食べることより勉強目的で来る学生がほとんどのため、真剣な若者たちに交じると、自動的に集中できる。

モーニングセット、ランチ、午後は紅茶で息抜きをしながら十八時まで頑張ることもある。稀に教員と学生が打ち合わせをしていたり、学生同士デートをしていることもあるが、広いので席は移動し放題だ。できるだけひとりで頑張っている若者の横で集中力のおこぼれをもらいながら、長めの重い原稿と格闘するのにもってこいの秘境なのである。

これまで職業に飽きたことはないが、今日は書きたくないなという日は、やっぱりある。生来ぐうたらな自分の機嫌を探りながら、自宅の仕事場を基本に、自転車をあちこちに走らせる。

今日はここと、重いバッグを下ろし、ノートパソコンを広げる自分は、かりそめの居場所を探すヤドカリのよう。

アマゾン川ほとりの宿や、戦火の最前線の山中でも書いた開高健の足元にも及ばない、のんきなヤドカリは、今日は自転車であのキャンパスへ。

手垢の付いた言葉は刺さらない

ライターになってもっとも痛感したのは、自分はいかに言葉を知らないかということである。それまで、いくらか人より本を読んでいるし、知っている方だと大きな勘違いをしていた。今も日々、無知に気づかされることの連続である。

たとえば「たりたり問題」。

「〜〜をしたり」のあとは必ず「〜たり」が続かねばならない。「気を使ったりはしないのですか」は、文法上間違いである。恥ずかしながらこの文法を知らなかった。

「東京の台所」（朝日新聞デジタル）の連載は、担当者が新聞記者であるためか、とりわけ文法や用法に厳しい。たりたりも、担当者の指摘で知り、恥をさらすとつい最近も「彼は天に召された」と書いたら、それはキリスト教用語であり「神に召される」からきている、亡くなった方や大平さんはキリスト教信者ですかと、赤字が入った。全く気づかず、雰囲気で常套句のように使いまわしていた。ああ、書き出すだけでこっぱずかしい。

赤字をもらうたび、私は急いで、「間違いやすい用語」という名前をつけた自分のテキストファイルに書き加える。そこからメモの一部を抽出すると。

「追及」＝〈追い詰める〉疑惑・責任・余罪を追及、容疑者を追及
「追求」＝〈追い求める〉利益・利潤を追求、真実・理想を追求
「追究」＝〈探って明らかにしようとする〉学問・原因・真理・本質を追究

「怖い話を」……名詞のときは「し」が入らない
「そうお話しくださった」……動詞のときは「し」が入る

右記のようなメモが連なるテキストが現在二十三ページ。それだけ間違えてきた、私の恥の履歴である。

ファイルの中に、ひとつだけ赤字にした注意書きがある。とくに「大切」にしている赤字だ。

「大切」には「個人的な愛情や思い入れが含まれる」
「大事」には「気持ちは入っていないが重要なこと」

大切な人、大切な思い出、大事な会議、大事なルール。そんな使い分けはとうに知っているという方は読み飛ばしていただきたい。私は、どう違うんだろうとモヤモヤしながら適当に書いていた。

指摘によって霧が晴れ、たいせつという言葉がこれまでにはない感覚で清らかに胸に響くようになった。

そういえば編プロのボスは、このふたつを原稿に乱用するなとよく諭した。

「大切という言葉を使わず、いかに大切かを書くのがライターの仕事だよ」

だから、どうしてもやむを得ないときにしか使わない。たしかに、不思議と「大切なこと だ」と書くたび、大切さが薄まる。便利で手垢の付いた言葉ほど心に迫らないものだ。

ライフワークとライスワーク

編プロを辞める時、すでにフリーライターとして活躍していた先輩から、こんなアドバイスをもらった。迷ったりぶれそうになったりするとき、必ず思い出す今も大切な私の指針だ。

「あのね、おーだいら。仕事には、食べていくために受けるライスワークと、ライフワークのふたつがあるんだよ。ライスはコメのための仕事。ライフは生涯追い続けられる自分がやりたい仕事。ライフは、どんなにしんどくても安くても、頑張れる。最初からライフワークが十割にはできないから、最初の年はライスが九割、ライフが一割。次の年はライスが八割、ライフが二割って、だんだんライフを増やしていけばいいの」

「そんなはっきり、割合で示せるものですか？」

「確定申告があるじゃん。取引した会社名を全部書くから、そのときはっきりわかるよ。ここはライス、こっちはライフだったなって」

シチュエーションは忘れたが、先輩のピカピカ発光するような横顔を覚えている。料理と旅が彼女のテーマで、「全部とは言わないけど、今わりとやりたい方向性でやらせてもらえてると思う」と、偉ぶらず、しかし誇りに満ちた表情で語った。売れっ子で、当時から同世代平均月収の倍近いギャラを稼いでいたであろうその人は、二十八年経た今も現役だ。なぜギャラがわかるかというと、社員時代、私も仕事を彼女にお願いしていたからである。うちの雑誌でお支払いするのはこれくらい。あの先輩は、ひと月にほかで六誌も七誌も書いている。下世話だが、おおよその見当はついた。

彼女のように「スーパープレイヤー」と社員が陰で呼ぶ、年収一千万は超すであろう売れっ子ライターが、周囲に何人もいた。その後、資金を元手に渡仏しワインを勉強、ソムリエになった人もいれば、中医学を学び、薬膳師として活躍する人も。女性の多いその編プロに出入りする人たちは、二十六歳で出版の世界に入った私には、まさに生き方の教科書だ。女性のフリーライターのロールモデルがあまりいない頃から、独自に道を拓いた先駆者ばかりだった。

以来、確定申告で各社の支払調書をみるたびに、くだんの先輩の言葉を思い出した。

初年度は十対ゼロ。翌年九対一。次は八対二。はっきりと、おもしろいようにわかる。比率が停滞する年もある。

この割合の指標がつねに心にあると、仕事をいただく際に、受けるかどうか判断ができる。

なんでもかんでも引き受けていた初年度。

声をかけてもらうのが嬉しくて、十のうち九のライスもふたつ返事だった二年目。

ライスばかり受けていると、ライフワークに割く時間がなくなるぞと調整を始める五年目。

人生は短い。振り返ると、このものさしがあって本当に良かったとしみじみ思う。断るのがもったいなくて、あるがままに受けていたら、今おそらく書く仕事をしていない。ライスワークは、代わりがいくらでもいる。新人が次々出てくる。それだけだったら、必ず切られる時があったはずだ。

数字に弱いので確定申告は今でも大嫌いな作業の筆頭だ。しかし、人生のものさしを取り出し可視化する、年に一度の重要な節目でもある。

「あ、今年、四対六でライフがライスを追い越した!」と明白に確認できた日の嬉しさは忘れられない。

会社員でも、どんな仕事でも、与えられたフィールドの中でこのものさしを持っていると、お金や待遇だけに振り回されることが減り、きっと心強いのではないか。

ライターの身だしなみ

顔は直せないけれど、身だしなみは直せる。

私は下の子が中学生になるまで、自分に構うことができなかった。一年中デニムで、靴は履きやすいサボ。子どもの学校も取材も休日も同じだ。化粧品を買い足すことはおろか、スキンケアもろくにしない。

十年余り、ファッション誌を一冊も買っていないのではないか。そして買わないうちに、たくさん休刊してしまった。もう一度あの時代をやり直したいと思うほど、ひどいありさまだった。

おしゃれや自分をケアする楽しさを思い出したのは、たまたまアパレルブランドの広報をしている知人に赤いワンピースを勧められたことや、気まぐれで立ち寄った美容室でぱつんと前髪を切られたこと、「いつもデニムにサボですよね。もうお子さんも大きくて自転車に乗せるわけでもないんだし、たまにはスカートにヒールのある靴を履いたらどうでしょう」と親しい編集者に言われたことなど、複数のきっかけが重なる。それらはこれまでにも何度か書いてきた。

ここでは、ライターの先輩の体験談を。仕事も、化粧や身だしなみなど外見に気をつけることがプロとして大切なのだと私も学んだ、忘れられないエピソードである。

先輩は、サブカル系のある文化人の男性に取材を申し込んだ。朝十時で、相手はマネージャーを伴わず約束の場所に現れた。

どちらかといえばもともと化粧が好きでなく、つねに自然体の先輩はその日起きぬけだったこともあり、すっぴんで行った。

すると、会うなり文化人が怒り出したというのだ。

「すっぴんで来るとは何ごとだ！　取材を舐めているのか」

いきなりの展開に、先輩は震え上がった。同時に、取材の段取りに落ち度があったわけでもなく、化粧をしているかどうかなんて関係ないじゃないかと憤りも感じたらしい。

ヒートアップしていた相手も、だんだん落ち着きを取り戻してきた。

「マネージャーを連れていないので、ふらっと来たように見えるかもしれないけれど、僕も、取材という仕事のために気を引き締めてここにいます。仕事なら、あなたも化粧やきちんとした身なりで、のぞんでいただきたい。それが大人としてのマナーではないでしょうか」

私は、化粧なんて関係ないだろう、これだからいまだに日本は男社会と揶揄されるんだと腹が立ったが、本質はそこではない。

時間をもらい、インタビューをするとき、相手が男だろうが女だろうがきちんとした外見であれば、気持ちがいい。きちんとお話ししましょうという気にもなる。私が彼の立場になったとき、すっぴんの寝起き風な風情で取材に来られたら、怒らないにしても〝この人には適当に話そう〟と気がゆるむだろう。もっと大物にはちゃんとした格好で来るのかなと、穿《うが》った見方をするかもしれない。

人に注意するというのは、勇気とエネルギーがいる。元来素直な先輩は、「最後まで聞いたら、なるほどなって思って謝った。言ってもらえてありがたかった」と反省していた。

私はその話を聞いて以来、取材に出かけるときは、気を遣うようになった。が、時すでに遅し。適当な格好で臨んだ十年余は取り戻せない。数々の失礼があっても、相手は口に出さなかっただけで、嫌な思いをさせたに違いない。

もうひとりの編プロ時代の先輩は、いつも艶やかな黒髪が美しい。冬でもなんでも、取材の前には必ずシャワーを浴び、髪をスタイリングし直すという。

「ライターを長く続けていれば、編集者は必ず自分より若くなっていく。その人たちに、いつもくたびれた感じで頼みにくいって思われたくないからね。せめて髪の手入れは若々しく保っていたいし、身なりは小綺麗にしていないとね。老け顔の疲れた人には、誰も仕事頼みたくないでしょう？　髪の手入れも仕事のうちなんだよ」

化粧や身なりや髪の艶など、ライターの資質と関係ないと考えがちだ。駆け出しの頃はそう思っていた。実力勝負、見た目なんて関係ないと。

今は、コミュニケーション術の一つとして、相手が気持ちよく過ごせるよう自分ができることはやろうと心がけている。とはいえ、私のおしゃれはまだまだひよっこだ。空白の十余年を取り戻そうと張りきりすぎて、痛々しくならないようにしないとな。

ガラケーの男

おない歳の家人はかたくなにガラケーを使っている。映画製作の仕事をしているので、始終、動画や音声の確認作業もある。ロケ現場でエクセルを開いたり、ＰＤＦを開かねばならないときもあるだろう。困り果てたスタッフの方々から、「頼むからスマホを使ってください」と言われるらしいが、きかない。私が部下だったら絶対にこんな上司は嫌だ。不便は、枚挙にいとまがない。家族のグループラインに入れない。画像がほとんど送れない。ＬＩＮＥ代わりに使うＳＭＳ（ショートメッセージ）は有料。海外で使えない。ショップで、割引やクーポンの恩恵を一切受けられない。映画やライブの予約、入場券購入時に手間がかかる。画像が粗すぎてカメラとして使えない。整体や美容院のポータルサイトから予約ができない。

おまけにいまや使用料は、家族の誰よりも高い。贔屓《ひいき》の阪神タイガースが好調だったときは、毎月六百円もするアプリを契約していて、テレビで視聴するので言い争いになった。

家族など、どうとでもなるが、仕事仲間にはどれだけの不便をおかけしているだろうと考えると恐ろしくて、結婚以来の不文律、〝互いの仕事にはタッチしない〟を通している。反面、じつはほんの少し羨ましいなと思う自分もいる。本人には、「カッコつけた変なこだわりを捨て一日も早くスマホにして」と言っているが、内心、羨ましさは年々、わずかずつ増している。私にとってスマホはこんなにも便利な必需品なのに。

家人は、帰宅したらかかってきた電話以外、翌日の出勤までガラケーを手にとらない。外食でも旅先でもバッグにしまったまま。毎日、新聞をたっぷり三十分かけて読むのは、ガラケーの何十文字かの文字ニュースでは読みづらいからだろう。我が家はデジタル以外に二紙新聞を取っているが、私はいつしか紙の新聞を読まなくなってしまった。夫は、忙しくない朝は一時間近く読んでいることもある。

もっとも快適そうなのは、SNSに振り回されていないことだ。「え、知らないの?」と娘に蔑《さげす》まれるくらい、SNSだけで話題のトピックスに疎いのだが、あまり困っているようにも見えない。そんなんでよくエンタメの仕事ができるね、と嫌味を言うも我関せず。かえすがえすも、仕事仲間の方々の焦燥やご不便を憂うばかりである。

翻って私は、近年SNSの誹謗中傷によって起こる大小の悲劇が気になっている。指先で、ときに命さえ奪うSNSの見えない暴力は加速している。これについて、かつて著名人のゴーストライターをしていた私は思うところがある。

どんなにユーザーにマナーを呼びかけたとしても、悔しいことだがとりわけ著名人への誹謗中傷は減らないだろう。

SNSは、無料で、即時に、手軽に発信・宣伝できる。いまさら言うまでもなく、これまでの時代になかった画期的で便利なツールだ。そうであるからこそ、発信側に、「タダで便利」のデメリットを知ってほしいと強く願っている。

SNSが登場するまでは、著名人がプライベートな発言や発信をするときの多くは、私のようなゴーストライターが入った。

想いを聞いて、いかにもその人が使うような言葉で書く。ファンクラブ会報誌、ウェブサイトの日記、結婚・離婚の報告。あるいは、実際に経験したが、芸能人が事故を起こしてしまったときのマスコミ向けお詫びの文章もある。つまり芸能事務所は、外部ライターにギャラを払ってでもけっしてタレント本人に、無防備に発言はさせなかったのだ。

一般人とは比べものにならない知名度を持つ芸能人は人気の分だけ、些細な一言が命取りになる。世の中には、想像を超える悪意が存在する。若いタレントさんは、その本質的な怖さを知らないことが多い。

古い世界で仕事をしてきた私は、宣伝やイメージ訴求という行為には必ず対価が必要だと思っている。そのためにマネジメント事務所やエージェントや広告代理店がある。対価や手間をはしょると、最初は楽しくてこんな便利なものはないが、やがて想像を超える悪意にさらされ、ときに大切な所属タレントの明日を生きるエネルギーさえもぎ取られかねない。

この道具を使うならば、いったん事務所の目を通してから投稿するという約束をタレントさんと交わせると、ご本人が傷つくことも減るだろうになあと思う。

家人のガラケーから、話がそれた。私も楽しくて中毒のように手放せず、日常に支障をきたしかけている。これを読書の時間にあてていたらどんなに知見が増え、心が潤うことか。わかっているのにやめられない。上手に付き合うために私は自分と契約をかわさなければ。

どんなに家族に馬鹿にされようと、通話以外携帯電話を放置している家人が羨ましいのは、ＳＮＳという魑魅《ちみ》魍魎《もうりょう》と化した電子の海に背を向けているからであろう。悪意と善意が混ざり合う有象無象の世界。本が売れない時代に、私にとっては欠かせぬ宣伝ツール。

スマホのマイルールの一番目は「ベッドと仕事場に持ち込まない」。ささやかだな。なのに守れないときも多くて、もがいている最中である。

読んできたものからしか生まれない

音楽オーディション番組をなんとなく見ていたら、企画立案者の男性がこんなアドバイスをしていた。

「作曲っておもしろいもので、聴いてきた音楽からしか生まれてこないんだよね。だからたくさん聴いてきた人が強いんだよ」

作曲が未経験の男の子に、その場で試しにワンフレーズ作らせたら、驚くほど素晴らしいメロディが生まれたあとの一コマだった。三年前のことなので、記憶が曖昧で「おもしろいもので」は、もしかしたら「正直で」だったかもしれないし、「強いんだよ」は別の表現だったかもしれない。

君がどれだけたくさんの音楽を愛して聴いてきたかがよくわかるよ、と褒められた青年は、それまで緊張で凝り固まっていた表情が、ぱっと花が咲いたようにほころんだ。そして「なんか楽しいですね！」と、作曲について感動のおももちでつぶやいていた。

聴いてきたものを真似るのではなく、好きでたくさん聴いてきたものが土台となるという話である。

ああ、書くことと同じだなと思った。読んできたものが肥やしになり、無意識のうちに降り積もって血肉となり、やがて自分のオリジナルの言葉と混ざり合ってアウトプットされる。

誰でも、好きなミュージシャンが影響を受けた音楽をたどりたくなるのと同様に、好きな作家のルーツもたどりたくなるもの。それは、血肉になっている作品が誰なのかを知りたいからだろう。オーディションの一コマを見ながら、読んできたものが自分を作っているんだよなと納得した。

正直に告白すると、ライターと子育てが同時に始まった私は、仕事でどうしても読まなくてはならない資料本以外、十年余、ほとんど読書をしていない。家、保育園、仕事のすきまはいつも走っていて、書店でゆっくり本を探す余裕がなかった。芥川賞受賞者は知っていても、作品を読んだことがない。

時間のせいにしているが、本当に本が好きな人は睡眠を削ってでも読んでいるわけで、小さな頃から読書好きだといばってきた自分が恥ずかしい状態だった。

高校八クラスの学年で、いつも図書館の貸出数が一位だった。短大は、併設の大学の仲間と一緒に、文学サークルで同人誌を書いていた。

私が小説をむさぼり読んでいたのはそこまで。編プロ時代は、通勤途中に話題のものをちょこちょこと読んではいたものの、とても読書好きと言えるような量ではなかった。

そしてフリーとして独立と同時に出産して、空白の十年余に陥る。

再び読みだしたのは、四十代後半だ。こんなありさまでエッセイを書いているなど、本当に恥ずかしい限りである。

ところで、ライターになってから読書のしかたが変わった。線を引くようになったのだ。数ミリ幅のいちばん小さな付箋とボールペン、蛍光ペンをミニポーチに入れていて、本とともに持ち歩く。バッグごとに入れ替えるのは面倒なので、そのミニセットをそれぞれのバッグに入れっぱなしにしている。

書く生業《なりわい》をしていると、本筋とは違うところに目がいく。見たこともない美しい表現、予測を裏切るオリジナルの言い回し、接続語の印象的な用い方、書き出し、末語、人物描写。いますぐテクニックを真似することはないが、いつかヒントになるだろうという部分に印をつける。

そういう読書スタイルが真の読書好きと言えるかはこころもとないけれど、自分の根っこを耕しているという感覚はある。

荻窪の人気書店Ｔｉｔｌｅの店主・辻山良雄さんと対談をしたとき、「読書は心を耕す」と表現された。なんて滋味深い言葉だろう。

本という知の種を心に蒔いて、耕し、培い、やがて作品という花に昇華させる。文章がもっともっとうまくなりたい私は、たくさん耕し続けるしかない。

というような話を本書に収めたいのですと担当編集者に話したら「以前、美大教員の方が、〝美術を学ぶ学生でも昔の画家をよく知らない、作品を観ていない〟と嘆いていました。あらゆる創作活動に共通することかもしれないですね」。

冒頭のオーディション番組から三年経た今年、例の作曲青年がソロデビューした。動画を見ると、グルーヴ感のあるソウルフルな楽曲で、作詞作曲が本人だった。

あのとき、口ずさんでいたワンフレーズの心地よさが変わらずベースにある。高度なテクニックとオリジナリティは何十倍も増している。この三年間に彼に降り積もった音楽の厚さ、音との距離感を思い、こちらまで背筋が伸びた。——私ももっと本と近くなって自分を耕さねば。

世界中で愛された通称「ビックオレンジ」。
この滑り、この軽さでないと取材ができない必需品 → p.79

繰り返し読みたい本と、人生で何冊巡りあえるだろう。
向田邦子は全作がそれだ。そんな作家は他にいない → p.170

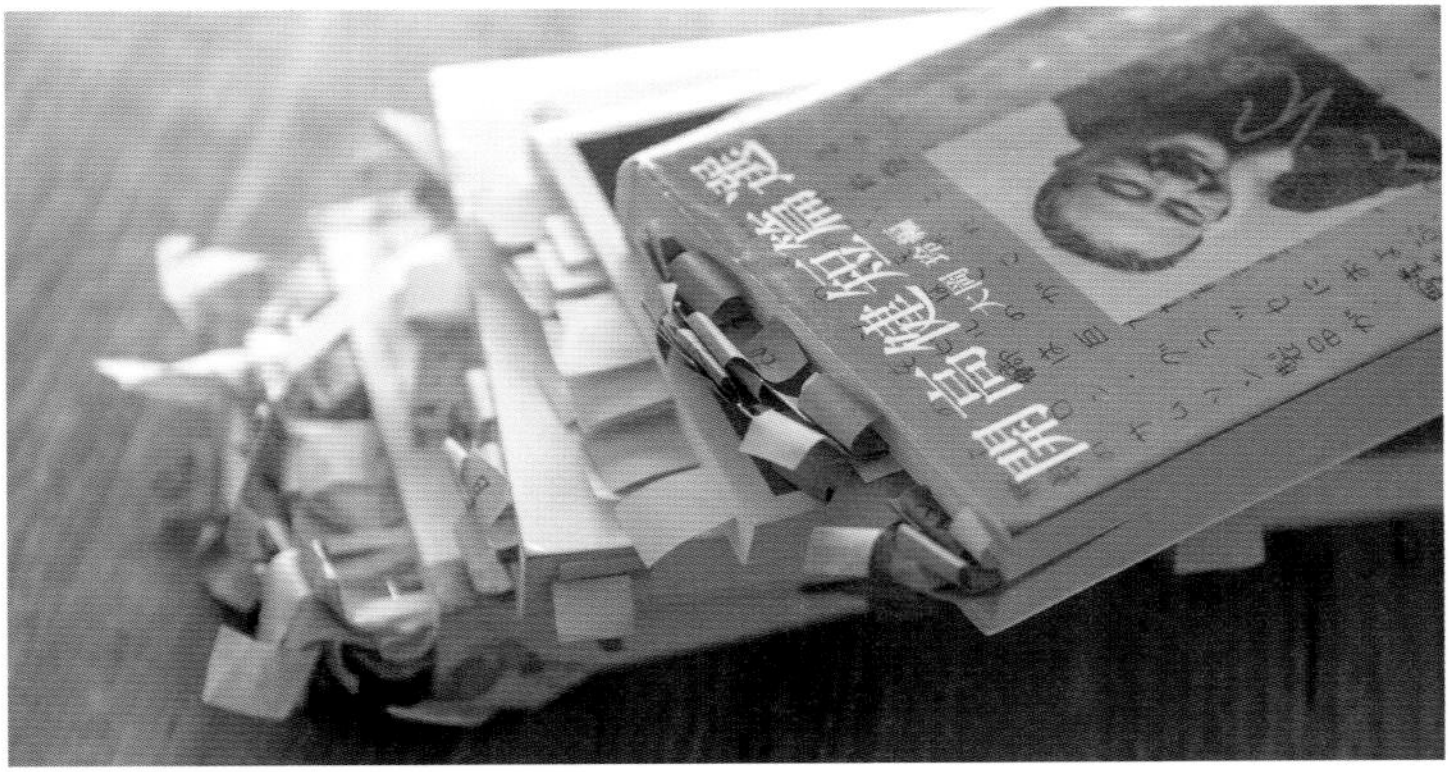

脳の引き出しにストックしたい言葉や知識に
印をつけるため本と付箋とペンはセットで持ち歩く → p.103

取材ノート。聞きながら漫然と端から書くというより
紙上でざっくり構成しながら聞きとる → p.197

355ml のスタバのマグ。お茶は約10種。干した蒸し生姜と
柚子の皮（左）で午後は味を変える → p.122

3 階が仕事部屋。天窓含め窓は 4 面。パソコン台と机は
試行錯誤の末、座高に合わせて作ったオリジナル → p.124

入れ替えが頻繁な代謝する本棚と保存本棚の２種があり、
こちらは後者。10年くらいで見直し → p. 167

家の中でも“出勤気分”でピアスをつけると、
気持ちがシャキッと仕事モードに → p.121

三章　フリーランスの母つれづれ

ライターの一日の変遷

サラリーマンのように規則正しく、最も仕事に集中し、一分一秒を惜しんで濃い仕事をしていたのは、下の子どもが九歳になるまでだった。

九歳までは学童クラブがあり、十八時に迎えに行かねばならないからだ。長男は友達と下校したが、下の娘は防犯のためママ友と交代で付き添った。

お尻が決まっているので、どんなに佳境だろうが急ぎの案件が舞い込もうが、営業終了。ちょこちょこっとメールを送ったり電話一本返したりするくらいなら在宅仕事なのでできると思われがちだが、子どもがいると絶対に仕事にならないと、身にしみた苦い経験がある。

長男が二歳のとき、雑誌の校正で、編集長から一九時過ぎに電話の問い合わせが来た。まだ子持ちライターが周囲にいない時代で、「熱が出たら仕事を休む」という風評がたつのをおそれ、仕事相手に子どもがいることを一部の人にしか伝えていなかった。保育園から帰り、荷物を片付けたり、子どもの相手をしたり、夕飯の用意をし始める時間帯に、急ぎで確認しなければならない案件での連絡だった。印刷所に戻す時間が迫っていて、編集長の焦った声が受話器越しに聞こえる。そういうときのために、私は一個十円の大きな飴を買い置きしていて、息子の口に押し込んだ。そうすれば、「ママ、ママ」と発せられない。のっぴきならない土壇場用に、ふだんはその飴玉を隠していた。窒息しかねない恐ろしい所業で今考えると震える。にもかかわらず、鬼母の私はさらにとんでもないことをした。

話が長びき、息子は飴を吐き出し、「ママー」と呼び始める。最後は泣き出したので、私は泣き声が編集長に聞こえないよう、自分だけ受話器を持って風呂場に逃げ込んだ。リビングにひとり残された息子は、わんわん泣いている。

「大丈夫ですか」

「はい、大丈夫です！」

なんでもないように話を続ける。忘れもしない。生活情報誌の節約特集で、掃除用フローリングシートを裏表使うというアイデアを紹介する誌面だった。私の筆が未熟で、説明文がわかりづらかったのだ。

どんどん大きくなる泣き声。朝から九時間離れ離れでやっと母親と家に帰ることができたのもつかのま、いきなり放置された息子。悲しみ色の声がざくざく私の心を刺す。

以来、十八時以降の電話は出ないと決めた。出勤時間が遅く、いつも夕餉《ゆうげ》の時間帯に重要な連絡がくる完全夜型の編集者も、当時はまだ多かった。だから、自分でルールを決めねばと思った。喉に詰まりそうな大きな飴で子どもを釣ったあげく放置した、悪い母。仕事のためなら何でもする自分の非道さを許せなかった。浴室越しに聞こえてくる息子の泣き声は、彼が二十八歳になった今も脳裏にこびりついている。

ところが喉元すぎればで、そんなにまでして十八時終了を死守していたのに、下の娘が十歳になったとたん、砂の城のようにルールは崩れ、仕事の終わりの境目があやふやになった。比例するように、集中力は下がっていく。子どもが十歳から、塾や友達と遊ぶようになったためだ。

中学生になり部活に忙しくなると、もっと仕事はだらだらペースに。

息子は結婚、娘も社会人になった今は二十時、二十一時頃までパソコンと向き合っている。十時から机に座っているが、本腰が入るのが十七時から、なんていう日もある。かつての十七時は、一日の仕事のまとめの時間。明日の確認やメール連絡など店じまいを始めていたというのに。

自分という人間は、つくづく成長がないものだと痛感する。

宿題や提出物をいつもギリギリにしか出せなかった私がおとなになり、しっかり毎日十七時までに納品できるようになった。九時半から十七時まで集中して、やり残しもなく、これで怠惰な自分は卒業だ、育児のおかげで生まれ変われたと喜んだのもつかのま、今はだらだら坂を上り続けている。集中力もかつての半分で。

自分のために使える時間が無限にあると思うと、気がゆるみ延々とユーチューブを見たり、今読まなくてもいいウィキペディアのリンクを次々クリックし続けたりしてしまう。ちなみに今日は、ヤフーニュースのタレント名から過去作へ、そのドラマのプロデューサーの配偶者のウィキペディアまでさかのぼってしまった。全く危険な沼である。

現在の一日は、執筆時はだいたいこんな感じだ。

十時始業、十四時昼食、十五時仕事再開、十九時半頃終業。締め切りがつまっていた先月は、二十三時終業が続き、反省した。疲労した頭で書くと文章の精度が下がり、いいことはなにもない。

取材や打ち合わせは、できるだけ一日に集約し、ノートパソコン持参で、移動の合間に喫茶店やファミレスで書く。おしゃれなカフェはデートの若者が次々来て長居しづらいが、喫茶店は仕事の合間に休息に来るおじさんや世間話をするお年寄りがいて、いい具合に放っておいてくれる。

出かけた日は仕事終わりの十九時半頃、近所のバーに寄ることもしばしば。その時間帯はまだ客がおらず落ち着けるし、普段着ではない分、多少気が大きくなる。なにしろ執筆時のすっぴんの私は、ご近所といえども見るに堪えないよれよれ状態なのでバーに行けないのだ。

娘が幼い頃、小学校へ登校する前にちらっと私を見て、

「ママ、今日シュザイ？」

とよく言ったものだ。メイクと、よそ行きの服から目ざとく感知する。女の子は鋭い。いかに在宅時がだらしないかという証《あかし》でもある。

逆に「今日、ゲンコウ？」「そうだよ」と答えると、ほんの一瞬、ニコッとなる。働いている母の子がかわいそうとは一ミリも思ってないけれど、「かわいそうに」と言われて唇を噛み締めたことは数しれず。

あの悔しさも、娘の「ニコッ」も、こうして日課の変遷を綴るまで忘れていた。人間万事塞翁が馬。

受け継がれた癖

「ママとパパの影響だったんですね！」

　ある日、我が家に泊まりに来た息子の妻が、笑いながら言った。二十六歳で母になった頑張り屋のかわいい女性だ。交際していた学生時代から、私のことを「ママ」と呼ぶ。

「え、なに？」

　聞き返すと、なんでも、息子は休日でも起きるとすぐ、着替えるのだという。

「私はいつも、休日は昼ごろまでパジャマか部屋着でいるので。おもしろい習慣だなって思ってたんです。今朝見たら、パパもママもすぐ着替えているから。なるほどなーって」

　私も夫も、こころもとないフリーランスの身。とくに私は自宅が仕事場なので、昔から、気持ちの切り替えを洋服やアクセサリーではかるところがあると、彼女の指摘で気づいた。

　たとえば、だれに会う予定がなくとも、仕事の日はピアスをつける。そうすると少しオフィシャルな気持ちになる。また、冬でも起きたら家中の窓をいったん開ける。二、三時間後には、そこが仕事場になる。安らいだ生活の空気を入れ替え、仕事モードに持っていきたいという気持ちが無意識に働いている。

服もしかり。本来ずぼらで、怠けていいと言われたらどこまでもルーズでいられる。パジャマで一日過ごしたら、気持ちも古いゴムのように伸び切るだろう。そのうえ、休日は家事が溜まっているので、朝から効率良くこなさないと、あっというまに夕方だ。だから、すぐ着替える。自覚はなかったが、夫婦ともにそうなので、子どもたちにも自然に習慣づいていたらしい。

きっと、きちんとしている人は、休日にパジャマでのんびりしていられるのだと思う。平日からこまめに家事をこなし、私みたいに休日にきゅうきゅういいながら朝から気合を入れなくてもいいからだ。

ふと、胸がいっぱいになった。夏休みの宿題を、いつも最終日に泣く思いでやっつけていたような人間が、なんとかひとり仕事を続けてこられた。夏休みの最終日の連続を、今日までずっと。

ひとりだから、誰も褒めてくれない。彼女のおかげで、初めて自分を労《ねぎら》いたくなった。日曜もすぐ着替えるようなささやかな工夫を重ね、頑張ってきたじゃないかと。

家族が増えるのは、楽しいものである。

仕事開始のセレモニー

朝すぐ着替える癖に続いて、平日のルーティンをもう少し。

繰り返すようだが、フリーランスの在宅というのは、私のような怠惰な人間には危険極まりない仕事である。好きなときに昼寝ができて、好きなだけテレビもネトフリも見られる。

だが、締め切りは待ってくれない。一度でも落とそうものなら、次の仕事はほぼ来ない。親しい編集者なら多少は許してくれるかもしれないが、信用は確実になくなる。そして評価は、会社を超えてあっという間に広がる。

だからさまざまな儀式にも似たルーティンが必要になる。マイルールなんて書くと、窮屈で逃げ出したくなるので「儀式」。締め切りまでに仕事を無事納品するためのセレモニーだ。

まず、前述のように朝、ピアスをつける。

一階の洗面所横に、アクセサリーハンガーがあるので好みのものを選ぶ。重さが気にならない小さな物が定番だ。ピアスをつけると不思議なもので、気持ちがしゃきっとする。誰に見せるものでなくとも、オンオフで言うとオンの状態で気合が入り、出勤するときのような気分になる。これはコロナ禍以降に始めた儀式で、打ち合わせにオンラインツールを使うようになったことと関係している。

在宅とはいえ、少しはオシャレをせねばと、Ｚｏｏｍの前にピアスをつけたらばあら不思議。なんだかいい意味での戦闘態勢に入るよう。

メイクをして出勤する会社員の身だしなみ・超簡易版がピアスなのである。

ゆるいスモックみたいな服も避ける。気持ちがチューインガムのように伸びてしまうからだ。

我が家は小さな三階建てで、二階が台所とリビング、三階が仕事部屋だ。私は三階への「出勤」前、二階で仕事中に飲むお茶の用意をする。大きなマグとポットを盆に載せ、準備完了。集中力を阻むスマホは二階の定位置に。

そう、仕事用マグは、ふだんの食事には使わない。入れる飲み物は同じでも、仕事用マグが机にあると、よし頑張るぞという気になる。逆に、食卓にあると疲れが取れない。

マグは何度も注がなくてもすむように、できるだけ大きなものをと探しに探してようやく納得いくものに落ち着いた。スターバックスで買った陶製の艶なし黒色。三百五十五ミリリットル入る。洗い替えの、ミュージアムショップで買った大竹伸朗オリジナルカップも三百五十ミリリットル。

レモングラスティやモリンガ茶など、その日の気分でお茶を一杯注ぎ、一リットル入りのポットにもなみなみと熱湯を。古道具屋で買った朱色の漆塗り盆に載せ、机の脇に置く。マグはパソコンのすぐ右にあるので、スタバの女神か大竹さんが描くジャリおじさんに見られながら文字を打つ。やっぱりこの人たちとは仕事が合う。

飲み物は、夏でも熱々。胃腸が冷えると、秋のはじめに体調を崩しやすいと、経験から学んだ。仕事を始めるセレモニーと火傷《やけど》するような熱さは、セットなのだ。

そうそう、昼は炭水化物を食べない。米類を食べると、魔法のように眠くなるからだ。二十分くらいの昼寝はむしろ仕事効率が上がるというが、自分を信用していないので、怖くてとても横になれない。私のような奴は二十分ですむはずがないのだ。

仕事終わりの儀式は、いったん机の上をきれいにすること。キーボードとパソコンのトラックパッド以外は何も置かない。すると、翌朝、机に向かうときに気持ちがいい。

そして「営業終了！」と大きな声で叫ぶ。聞いてくれる同僚もいないのに。

仕事場の必須条件

引っ越し好きで、結婚以来九回越している。三階建ての古ビルのペントハウスに住んだ九年前から、仕事には窓は絶対必要だなと思うようになった。「仕事場に」というより、私の書くという行為は窓とセットでないとたちゆかない気さえしている。

周囲が二階建てなので、遠くまで見渡せた。空の表情も鮮明だ。

その前の家は住宅密集地の戸建てで、仕事部屋の窓を開けると隣家の居間が見えた。広い台所やオール床暖房に惹かれたものの、住んでみるとなんとも言えない閉塞感がある。豪華な設備より、見晴らしのいい小窓がひとつあるほうが自分にとっては重要だなとやっと気づいた。

たとえば、朝日も夕日も毎日少しずつ違うし、雨には雨の、曇りには曇りの、四角い窓のフレームで切り取った表情がある。毎日飽きないものを見られるなんて〝お得〟だ。

ペントハウスの家は、郊外の駅のロータリーにあり、机の前の窓から改札が見えた。客待ちのタクシー、せわしなく駅に降り立つ人たち。変化するものが目の前にあると、気分が違う。とくに時間の移ろいにたいして敏感になった。

夕方、空がオレンジに染まったなと思ったら、どんどんグレーが混じり合い、あっというまに暗闇になる。ブラインドを三分の一閉め、しばらくして半分閉め、最後に全部閉めて、部屋の電気を点ける。だいたいオレンジになりだした頃から、焦りだす。ああ一日が終わってしまう、原稿の仕上げにかからねば。人々の歩く速度や太陽の機嫌をものさしに、自分の日課を意識するならいを快く感じた。

窓のないところ、あるいはあっても隣のビルの壁しか見えない空間で働いている人はどうなのだろう。時間経過がわからなければ、いつまでも電気に照らされながら、快適に仕事を続けられるけれど、人間の生理に即していないような気もする。

それまで窓なんて気にしたことがなかったけれど、今ならわかる。

働くこと、暮らすこと、頑張ること、一息つくこと。一日の中に、どれもバランスよく配分するのに、窓はきっと役立つ。つい頑張ってしまいがちな人に、ほどよい生活のリズムを教えてくれる。

それから二回越して、現在はまた三階建てに。窓前に仕事机をどうしても確保したかったゆえ、妙なところに本棚を置き、中途半端な家具の配置になってしまった。日差しがバンバン入るので、この間久しぶりに会った友達に「ハワイに行った？」と真顔で聞かれた。

手の甲まで真っ黒に日焼けしていたのだ。

ペントハウス時代と違い、子どもたちも成人したので、夕焼けに気づいても夕食作りを焦らなくていい。もうひと頑張りして、最後に缶ビールをプシュッ。

もうひとつ、窓の景色が時計代わりの私は、二月に密かな楽しみがある。家が、桜の木の連なる緑道に面している。ここに越してから、夫が先に、桜並木がふわっと淡いピンクの空気に包まれる二月のある瞬間に気づいた。近くでよく見ると枝の節、硬い木の芽に隠れて桜の花が準備を始めている。真近ではわからないけれど、窓からは全体のピンクがわかる。この年でいち早い春の気配を思わぬところから知れて、窓はやっぱりお得だ。

と、ここまで書いてきて、ふと思う。自分の機嫌を取ったり、鼓舞したり、励ますためのメソッドは、歳を重ねてやっと見えてくるものかもしれない。

今でこそ「窓があるとまあまあ機嫌よく仕事できる」と心得ているが、そこまでに何度も引っ越しをしたり、仕事場を借りたりしている。何度もの引っ越しを経てやっと、なのである。人は、他人より自分のことがいちばんわからない。

積立貯金を始めた日

フリーランスはローンを組むのが極端に難しい。将来まで安定した収入がないとみなされるからだ。夫婦ともにフリーランスの我が家は、住宅ローンで惨敗した。大手都市銀行は全滅。最初から相手にされないか、それはないよーという市場より大幅に高い金利を提示される。

最初の住まいをなんとか購入したのは三十五歳。金利は今ほど低くはなく、銀行が強気だった。ゆえに不動産屋や銀行で、赤っ恥や悔しい思いをすることばかりであった。

気に入った物件があると、不動産屋の営業の人が試算をする。そのタイミングで夫婦ともにフリーランスですと自白すると、あからさまに肩を落とし、残念そうな顔になる。そういう反応に慣れているので、どんなにとりつくろっていても、内心がっかりしているのがわかってしまう。

ごく稀に、「自営の方に強い、弊社とお取引の長い銀行さんがあるので試算だけでもやってみましょう!」と言う人もいるが、貯金もないので、最後には死んだ魚の目のようになる。頭金が少ないと借入金が大きくなり、フリーランス向けの金利で計算すると支払いが不可能になるからだ。

この生業の心もとなさを最初に痛感したのは、物件を探し始めてまもなく。購入の二、三年前で、新聞チラシを見て内見したあと、我々がフリーランスとわかった営業マンとの会話だった。

「ご夫婦とも個人事業主となると、銀行さんが難しいかもしれません」

今は間取りを見るのが大好きで友達の不動産探しの相談に乗るのが趣味でさえある私だが、当時は全く無知だったので、わけもわからず食い下がる。

「えー、でも毎月の支払いはこのくらいでも大丈夫なんですが」

その日暮らし稼業で、貯金はない。が、月々のローンならいくらか数字を提示できた。これで何が悪いのくらいの勢いだったと思う。

丁寧な口調で返された。

「守秘義務で、本当はこんなこと絶対に口外してはいけないのですが、昔、弊社がご案内した○○さんでも、ローンが通らなかったという話です。野球選手も個人事業主さんなのでね。銀行さんはシビアなんですよ」

誰もが知る、人気球団の四番打者だった。私たちとは比べものにならない億単位の物件だろう。それでも銀行はうんと言わないんだよ、身の程知らずが、と言われているようで丁寧なものいいが、よけいにぐさりときた。

「じ、じゃあ、個人事業主はどうやったら家を買えるんでしょうか。〇〇選手は？」

「野球選手は現金が多いです。あるいは頭金をできるだけ多く払って、最小のローンを組むようにされるのが最低条件かと」

穴があったら入りたい。

私たちはすごすごと帰り、その日を境に「積立貯金」という新語が、我が家の日常で発せられるようになった。

おりしも地元信用金庫の行員が、訪問営業によく来ていて、いつも「あー、うちはいいです」と断っていた。次に呼び鈴を鳴らされた日に、こちらから相談した。

野球選手事件を話し、「頭金を貯めるにはどうしたらいいでしょうか」と。

腰の低い真面目一本みたいなおじさんで、右も左もわからぬ私に、手取り足取り教えてくれた。

「これくらい必要なら、毎月〇〇万円で三年間。××万円なら五年間になります。漫然と貯金するのではなく、目標金額と期日を定めたほうがいいですよ」

日中は仕事で銀行に行けないと言うと、「そのために私ども外回りがいます。毎月ご希望の日に伺ってお預かりします」。

今も、個人宅にこのような御用聞きの行員がいるのかわからないが、私は彼のお陰で、三年で、頭金と言えそうなものを奇跡的に貯めることができた。

あの野球案件がなければ、今も賃貸暮らしかもしれない。

ただ、目標額が貯まり、欲しい物件の話も進み、不動産屋の勧める銀行の金利が高かったので、「貴行でローンを組めないか」と信用金庫のおじさんに相談したら、あっさり「残念ですが」と断られた。三年毎月欠かさず貯金をして信頼関係ができたとしても、やっぱり世の中はフリーランス稼業に甘くない。

ティッシュに包んだお金

収入について、長野の実家の両親から長い間心配され続けた。父はガチガチの公務員なので、ライターだとか映画製作だとか、最初はまるで理解ができなかった。お盆や正月の夜、風呂上がりの父が爪を切りながら、ほんのちょっとした瞬間、不意打ちのようによく聞いてきた。

「家賃は払えてるのか」

「タカオ君（夫）は、毎月金を入れてくれるのか」

母はもっと容赦がなく、帰省のたびにさり気なく、「一枚はどのくらい出版社からいただいているの」と確認してくる。それが見事としか言いようのない探りの入れ方で、「あのタレントさんのインタビューの記事良かったね」という、全く無防備なところからボールを投げてきて、こちらがいい気分になり「マネージャーさんにも原稿、褒められたんだよ」とうっかり応えると、すかさず「あれくらい書いて、おいくらもらえるの」。

今、演劇をやっている娘に私が全く同じ質問をしつこくして、「ママにはもう答えない！」と突っぱねられている。両親も、こんなふうに心配でしょうがなかったのだなあと、今ごろ気づく。

若い頃は、聞かれるたびに「大丈夫だよ。食べていけてるよ」と答えていた。それでも納得しない母には、原稿料の内訳を軽く話すことも。一ページいくらでね、ページ数で換算されるんだよ。著作は印税って言ってね、定価の十％なの。

半年後に帰ると、また「やっていけてるの」と、同じことを聞かれ同じことを説明する。そんな日々が十年あまり続いた。

なにしろ、映画製作に携わる人と結婚すると打ち明けた時、父は開口一番、「松本の最後の映画館もこの間つぶれたのに、今どきそんな斜陽産業、大丈夫なのか」と言った。昔、教科書で読んだ斜陽産業という言葉が、いきなり茶の間で持ち出されて驚いた。長い交際期間、何度か引き合わせていて「いい人だね」と言っていても、いざ結婚となると斜陽産業が両親を引き止める。

生活費について、私の「大丈夫」は親にとって全然大丈夫に聞こえなかった模様。その証拠に、帰省のたび、別れ際に母はティッシュに包んだお金を玄関でくれた。

「なにかタカオさんとおいしいものでも食べなさい」

だいたい二万円、ときには三万円のこともあった。子どもの発熱や私の不規則な仕事のために、上京し手伝ってもらったときにも、いつも最後に白い包みを差し出す。エプロンをバッグにしまい、「じゃあね」と去り際のぎりぎり、マンションの玄関口で。

母にヘルプをたのむようなときは、たいがいシッターさんも手配できない急な状況で、切羽詰まっている。どんなときも、「はいよ」と二つ返事で、とるものもとりあえず特急あずさに飛び乗り、駆けつける。そして、新宿で、両手に持った袋がパンパンになるほど肉や魚を買い込み、我が家へ。

今半の牛肉、魚久の銀鱈の粕漬。追分だんごのみたらし。田舎暮らしなのに、どこで知るのか、ちょっと高くて私がふだん買えないものばかりだ。新宿で買ったそれらを、自分の滞在中は食べない。「忙しいとき砂糖醤油でしぐれ煮にすると楽だよ」と冷凍庫にびっしり詰めこんでいく。

私は食費どころか交通費を渡したことも、土産の一つも用意したことがない。日本一だめな娘なのに、最後に小遣いまで渡すとは、不安定なライター稼業をいかに母が案じていたか。

好きでこの仕事をしている私に「やめろ」とも言えず、現実的に母ができることが子守とティッシュの包みだった。

先日、ベトナムに赴任している息子一家が夏休みで帰国した。

明日戻るという前夜だったたか、一保堂の宇治清水グリーンティと一緒にぽち袋を渡した。

「空港でなにか食べな」

学生時代、交換留学していたときもそんな物を渡したことがないので、照れくさいような妙な気分だった。息子はひと言。

「なに急に。こわっ」

ドラマならここで、「母さん、ありがとう」と涙ぐむところじゃないのか。

彼女や彼のブルドーザー時代

「私のブルドーザー時代はさ」

ヘアメイクアーティスト山本浩未さんと対談した際、彼女が言った。来るもの拒まずで、どんな仕事も受けていた時代のことを指す表現力の妙に唸った。

ブルドーザーのような勢いで、ばりばり端からこなす。

さまざまな取材で、そういう経験を持つトップランナーにしばしば出会う。働きすぎて体や心を壊し、生き方を見直し、人生の次のステージに移る。ブルドーザー時代が転機になったという話が多い。

今で言えばブラックで、睡眠時間五時間だとか、週休ゼロとか、会社に寝泊まりしたとか、けっして推奨するようなことではないが、率直に、「何かを成し遂げる人は、必ず一度はブルドーザー時代を経験しているんだな」と取材経験から感じる。

職種に隔てはない。職人や、伝統芸能やものづくりを生業にする人にもいる。

よく行くバーのバーテンダーさんからも、ブルドーザー時代の話を聞いた。

いわく、若者相手のカフェバーで雇われ店長をしていたとき、毎晩尋常じゃない数の客が押し寄せ、文字通り寝る間もなかった。フードも出す店で、接客と調理を必要最低限の人数でこなす。同時にアルバイトの指導もある。

「目が回るくらい忙しかったけど、その時教えたバイトの子とはその後一生の付き合いになりました。効率よく人を動かす方法や、原価を抑えてお客さんに満足してもらえる食べ物や飲み物を考える訓練にもなったな」

オーセンティックなバーに移り、経験を積みながらフレアバーテンディングという技を磨いていたころが第二のブルドーザー期だという。毎日帰宅後、明け方まで家で練習をしたらしい。ボトルやシェイカーを投げ上げたり回したり、曲芸的なパフォーマンスで客を楽しませながらカクテルを作るバーテンダー独特の技術で、競技大会もある。彼は、いちばん安いジンであるビーフィーターのボトルで練習をした。ボトルを落として怪我したり、あちこちにぶつけて隣の住人から苦情が来たりとなかなか過酷だったとか。睡眠時間は減り、百本以上は使ったというビーフィーターは当然、自腹である。

「店で練習しちゃいけないんですか」

不躾《ぶしつけ》な質問に、笑いながら答える。

「職場で練習するのは失礼。それに僕らの仕事は開店前も閉店後も、やることが多くてそんな時間ってないんですよね」

ふと、ブルドーザーを言い換えるうまい言葉を見つけた。

「がむしゃら」だ。

人にはわけもわからずがむしゃらに仕事をこなす、人生のあるいっときがあってもいいのだと、百本の日々が自分の土台になっていると誇らしそうな彼を見ながら思った。

私のブルドーザー期

まだ何もなし得ていない私にも、僭越ながらブルドーザー時代がある。朝刊がポストにカタリと落ちる音を聞きながら朝まで原稿を書いていた日々が。

二度とできないが、そのときに読んだ資料は今も自分の肥やしになっている。

それはある大きな会社の経営者を著者に据えた、文化がテーマの単行本だった。ダンボールでドカンと送られてくる社史にまつわる資料は、そのまま日本の企業宣伝部の歴史である。子どもが小さく、肉体的にはつらくてしょうがなかったが、おかげで近代以降の広報・宣伝のなりたちに少々詳しくなった。全く別の仕事で、そのとき得た知識が何度も生かされた。

とくに忘れられないのが「幽玄の美」という概念である。

あるかなきか。言葉に表れない、深くほのかな余情。主に能楽に用いられた語である。当時は、本をまとめるのに必死で説明として使ったに過ぎないが、その後、日本の絵画、デザイン、映画、文学、写真、ファッション、建具、さまざまな文化の根底に、この概念が通じているのを知り、心底ありがたいと感じた。ブルドーザーだと思っていた日々に、日本人の精神性につながる大切な学びがあった。

独立して最初の十年あまりは、右記のようなゴーストライターをたくさん引き受けた。今は、「取材・構成」といったクレジットがきちんと出るが、その頃は名前の出ない黒子だった。執筆の時間のないタレント、スポーツ選手、医者、学者、経営者……etc。ライティングは多岐におよぶ。

ときどき、自分の作品でもないのにと虚しくなることもなくはない。だが、うまいことできていて、必ずどこかでその経験が生きる。仕事に生きなくても、知識や教養としてその道の専門家の理論が自分の中に入るのは、それだけで得だ。

政府の特別機関に助言をする地震学者の書籍は、緊急の助っ人で――著者に時間がないから依頼されるわけで、だいたいゴーストライターのスケジュールはタイトでつねに〝緊急〟である――、さすがにあまりに自分から遠く興味がなかった。しかし、お世話になっている先輩からの頼みで、「手一杯だから一章だけでも手伝って」とのこと。生活のためと割り切って引き受けたら、興味深い話ばかりですぐに夢中になった。南海トラフにも詳しいその学者さんが言うことで、もっとも印象深かったのは「東海地域が危ないなどと言われていますが、東京も関東大震災からもうすぐ百年近い（取材当時）。明日大地震が起きてもおかしくない状況なんです。大衆をいたずらに不安にさせてはいけないので、上からは〝煽らないでほしい〟と言われています。僕は防災のためにも、煽るくらいでちょうどいいと思っているんですけどね」。

学者には学者のしがらみや気遣いがあるんだなあ、大変だなあという気持ちと、「いつ東京に大地震が起きてもおかしくない」という専門家の進言に背筋が寒くなる思いの両方を覚えている。

以来、地震予知や研究に関する情報の裏側を考えるようになった。発信者もじつは言いたくても言えないことがあるのではないか、というように。

どんな仕事にも無駄はない。一生懸命取り組むと、自分のアンテナを一生懸命立てることになる。すると受信するものも多くなるからだ。

とはいえ、ブラジャー百本のキャッチコピーをというカタログの仕事は、すごく悩んだ末に断ったことは記しておきたい。仕事の優劣ではなく、とても百通りに言い換える技術が自分にはなかったためである。

トイレに行けない

夜絞った雑巾が、翌朝にはカチンコチンに凍るような寒い地方で育ったせいか、トイレに行くのが嫌いだ。お尻を出すと寒いので、ついつい冬場は我慢する癖がついてしまった。びろうな話、おゆるしを。

母に「そんなにトイレを我慢していると、膀胱炎という病気になるよ」と言われてきたが、気に留めることもなく、自分の膀胱は頑丈にできていた。ところが大人になってから三度も罹ってしまったのである。寒い冬でもないのに。

初回は、夏の夕方、家のトイレで突然、今まで味わったことのない激痛を感じた。用をたそうとすると、きりきりギュウウと下腹をつかんで思いきりひねられるような痛みが走る。はっと、母の言葉を思い出した。「ひょっとしてこれが膀胱炎？」

私よりはるかに多忙な当時の担当編集者に電話をしたら、明るくきっぱり言われた。「それ、膀胱炎だわ。私も締め切りの前に何度もやったからわかる。すぐ病院に行ったほうがいいよ」

原因は、疲労と冷えだった。二冊同時進行の書籍の締め切りがあり、睡眠時間は毎日三時間、クーラーのきいた部屋で十八時間近くすわりっぱなし。体力的に限界だったのだ。そのとき、私は初めて知った。膀胱炎はお尻を出すのがいやでトイレに行かない寒い地方の人だけがなる病気ではなく、忙しい場合もなるのだと。

「一昔前なら入院レベル。二週間安静」と、医者に言い渡されたことをくだんの編集者に電話で伝えると、「大丈夫よ。じっとしてれば直るから。書く仕事には支障ないよ」。

鬼の助言に、私はもはや感心するよりほかなかった。

——膀胱炎を経験した女性編集者って怖いものなしだな。

編プロから独立する前は、フリーランスの人がいつも羨ましかった。家で仕事をして、好きなときに働いて、好きなときに休んで。自由気ままでいいな。しかし、いつ昼寝してもいい自由なはずの家で、私はトイレひとつ行く暇もなく、三度も膀胱炎になっている。

フリーランスには、代わりがいない。失敗したら次の仕事が来ない。休んでいいよという上司も、お腹が痛いのでこれちょっとやっといてと頼める同僚も部下もいない。その役を全部自分でやるしかない。

もうこれしかできないのでしかたがないけれど、欲しい物を三つ与えると神に言われたら、「有給と、ボーナスと、膀胱炎に一生ならなくてすむ緩やかな働き方」と答える。

集中力のゆくえ

受験生などが使う、集中力向上アプリをダウンロードして、二カ月足らずで削除した。二十分だけ集中しましょうというしくみで、そのたびアラートがピーピー鳴るのが煩《わずら》わしくなった。それに、鳴る前にすでにスマホをいじってしまっている。

仕事部屋が三階のため、昼間はスマホを二階に置いている。ところがパソコンで、いらぬ芸能ニュースを延々追ってしまう。いよいよ締め切りが立て込んで、にっちもさっちもいかなくなると、近所のコワーキングスペースやスターバックス、コンセント付きのテーブルがあるファミレスに行く。一本原稿を書くのに、どれだけ投資しているんだろう。

前述のように、子どもが小学校を卒業するまでは自分で言うのも何だが、凄まじい集中力だった。十八時以降は仕事ができないので、朝から気合が違った。

〝あとがない〟という環境は、つくづく人を勘違いさせる。息子と娘と合わせて十七年間、集中力に長けた自分こそフリーランスは天職だと思いこんでいたが、火事場の馬鹿力のようなもので、大きな思い違いであった。

子どもに手がかからなくなり、時間ができたとて、いいものが書けるとは限らない。むしろ、私の場合は制限時間があるほうが、緊張感をともない、精度の高い文章になる。作詞家が締め切り当日に十分で書き上げた曲がヒットしたなどという話を聞くと、さもありなんと合点がゆく。

なぜだかわからないけれど、追い詰められたほうが確実にいいものができるのである。不規則な稼業と子育ては相性が悪いなとつねづね思ってきたが、私はあの時間に、書き手として育てられていた。

仕事のスクラップブックを整理しながら、過ぎた日の輝きをたどる昨今である。

「お母さん、今日お迎えに来たとき、ちょっと面談の時間ありませんか」

保育園バッグふたつと仕事バッグを自転車のカゴに、子どもを前と後ろに乗せ、まず一歳の娘を先に保育ママ宅で降ろす。次に五歳の息子を区立保育園で降ろす。いつもハァハァ息を切らし、走って保育園に飛び込み、預けたあとは走って駐輪場や駅に向かう。その日も、さっと教室に預けて、タオルを掛けたりバッグを所定の場所に収めたりして、走り去ろうとしたら、二十代の若い保育士に呼び止められた。

そんなことは初めてだったので、よほど大事な話があるのだろうということと、あまりいい内容ではなさそうだと、いつもは明るく朗らかな保育士の真剣な表情を見て察した。申し訳なさそうに、でも言わなくてはならないという決意が眼差しから伝わる。

十九時すぎの保育室。

中央に子ども椅子がぽつんとふたつ、向き合って並んでいる。本や資料でふくらんだ仕事バッグを床に置き、朝と違って妙に広く感じられるその部屋で不安を抱きながら保育士を待った。面談の間、息子は職員室で預かってくれるという。

現れた彼女は、言いにくそうに切り出す。

「最近お母さんもお父さんも、仕事忙しい？」

「え、ああはい。けっこうつまってます」

「土日もですよね、きっと。お父さんもロケっておっしゃってたし」

映画スタッフになって日が浅い夫は、どの現場でも制作担当の末端だった。

「はい、土日も子どもを夫と交代で見ながら、家で原稿を書いたりしています」

「じつは○○君が最近、お友達が家族でどこ行ったとかあそこ行ったたって話していると壁を向いちゃうんです。私たちもご両親ともお忙しそうだな、園でできるかぎり支えようねって副担の××先生といつも話しているんですが、壁を向いてしまう姿を見て、胸がいっぱいになってしまって……」

考える前に、涙がわっと噴き出した。

目の前の仕事に必死で、何も見えていなかった。

二十年余を経た今も優しい顔立ちを忘れられないくらい、つねに子ども第一の、あたたかな保育士だった。正担、副担ともに、朝のわずかな瞬間でも親子の姿を見つけると「今日はどうですか？　よく寝れたかな」と、にこやかに声をかけ、夕方は「〇〇君、スープをおかわりしたんですよ」と報告してくれる。子どもの成長を我がことのように喜んでくれる、信頼に余りある保育のプロ。その彼女に、こんな心配をさせてしまった自分が情けなくて、自己嫌悪で椅子ごと地中まで沈みこんでいくような気持ちだった。

息子のＳＯＳに、何も気づいていなかった。

出産と同時にフリーランスとして独立。どんな仕事でももらえることが嬉しく、とくに四年後に長女が生まれてからは、まさに時間が破産していた。主戦場である雑誌のほか、企業の月刊ＰＲ誌の編集、タレントや経営者の書籍のゴーストライターまでなんでも受けていた。

下を向く私を保育士はいたわるように「そうですよね。こんなこと聞いたらショックですよね」と寄り添う。

「おふたりともいつも走って保育園に来て、走って出ていかれるから、なかなかお伝えできなくて。きっと夜中やお休みまで働いてお忙しいんだろうなあと。でも、ここのところずっと〇〇君、寂しそうで、差し出がましいのは重々承知ですが、もうちょっとだけお仕事を調整して、〇〇君と向き合う時間を作っていただけませんか」

言いにくいことを助言してくれた保育士には、感謝しかない。今日は言おう、明日はと思っているのに、私たち夫婦がいつも息せき切っているものだからその間《ま》もない。声をかけそびれ今日になってしまった境地を思うと、さらに胸がつまる。

家ではニコニコと、妹の面倒をよくみる手のかからない子だった。

あれは、面倒をみたいのではなく、私たちに褒めてもらいたかったのだ。僕を見て、と声にならない声を上げていた。


遅く帰宅した夫に、話した。

「先生もすごく言いづらかったと思う」

「うん」

「……私たちって、こんなことやるために上京したんだっけ」

「……」

夫は、映画の仕事をしたくて、名古屋の劇場から転職したが、当時、とぎれなく制作されていたVシネマや、地方ロケのハードな連続ドラマを、生活費のために受け続けていた。どこも低予算のため最低限の人数でこなす。いきおい、ハードスケジュールになる。早朝から深夜まで働き、疲れすぎて、家から三分の駐車場の車の中で朝まで寝入ってしまうこともあった。

私は、独立五年目で仕事をもらえることが嬉しく、なんでも受けていた結果がこれである。

乱暴にいうとふたりとも、すべて自分でなくてもいい仕事だった。ギャラやスケジュール、能力の条件が合えば、誰でもできる。つまり代わりがいくらでもいる。体力がなくなれば、若くてフットワークの軽い人に容易に入れ替わる。それは加齢とともに仕事がなくなることを意味する。

多少欲しい物を買えるようになっていた。保育園を探して、調布から越した世田谷の住まいは、古いけれど私の仕事部屋を確保できるデザイナーズマンションだった。Ｍａｃの新しい機種も、車も買い替えた。でも、心も家族も何もゆたかになっていない。幾ばくかのお金と引き換えに、友達が家族と楽しかった話をするとき我が子が目をそらし、壁を向いてしまうような子育ては、間違っている。

「断れるものは断って、カオハガン島に旅行しない？」

カオハガンは、フィリピンの小さな島だ。当時、宿は崎山克彦さんという日本人が経営するものしかなく、電気も水道もない。雨水を溜め、鳥や豚を飼い、魚を採り、夜はキャンドルの灯りで過ごす。しかし海の美しさは世界随一。貨幣にほとんど価値がなく、魚貝が採れすぎたら分けあう島民の幸福度は、とりわけて高い。ちょうど知り合いの女性カメラマンが子連れで行って、いかにすばらしい島だったかという熱い語りを聞いたばかりだった。崎山さんが島の日々を綴った『何もなくて豊かな島――南海の小島カオハガンに暮らす』という文庫（現在は絶版）も彼女から勧められて読んでいた。

「……ええな。アジアなら家族四人でも安くすむやろ」

じーっと考えていた夫がつぶやく。

「どうせ行くなら三週間くらい行こう。仕事を断って、もうくれなくなったらそれまでの関係なんだよ。自分でなくても代わりがいる。断ってもまたくれるところと、これからは大事に仕事をしていこう」

実際は、これほど理路整然ともしておらず、もっとぐだぐだと話をしたと思うが、すべてを一度リセットして家族四人で暮らすように旅をしようという方針だけは、お互い一致していた。それくらい疲れてもいたし、指先からスルスルと抜け落ちていた子どもとの時間を取り戻したい。何もせず、何も考えず、寂しい穴が空いた息子や娘の心を、ずっとそばにいて繕《つくろ》いたかった。

セブ島からバナナのような小舟で一時間。夜は海辺でキャンドルを灯して宿のご飯を食べ、昼間は島の子たちと遊ぶか散歩をした。店は簡素な小屋風のよろず屋が一軒しかない。島の小学校を見学したり、岩場で遊んだり、家々の間を歩き、飼っている鶏を眺めたり。

思い返しても、大きくくくると「散歩」しかしていない。

貯めた雨水は貴重なので、知恵を絞って最小の水で四人分の衣類を手洗いする。トイレの小用は、誰かが出ると「次、私」と自然に続けて入り、まとめて流すようになった。台風が来たら飛んでしまいそうな高床のバンガローには、毎日島の子が遊びに来た。「ごめんね。今、下の子がお昼寝だから起きたらね」と身振り手振りで詫びて、夕方起きると、家の外にきれいな花弁が一列に並んでいた。

言葉が通じなくても、鬼ごっこや木登りに長男が自然に交じる。

今は発電機もあり、ずいぶん島の様子も変わったらしいが、当時は太陽に合わせて起き、日が暮れたら寝る。特別なことは何もしないけれど、心が満ちるかけがえのない時間にあふれていた。

二十八歳と二十四歳になった子どもたちは、今もカオハガンで、妹が鼻にキャンディを詰めて大騒ぎになったことや、野良犬の恐ろしさを話す。トイレで水を節約していたことも兄は覚えていて、子どもなりの記憶の確かさに驚く。

以来、毎年二週間ほど貧乏旅行をするようになった。親は、ボーナスも有給もない不安定な稼業。でも腹を括りさえすれば休みだけは、いくらでもとれる。これだけはフリーランスの勲章と、インドネシア、タイ、ベトナムと子どもが中学生になるまで毎年続けた。

日々の仕事の合間に、格安航空券と安宿を探す。当時は今よりも渡航費もうんと安かった。息子は今、行政機関で国際協力の仕事をしているが、就職時のエントリーシートに、「子ども時代にアジアで見た貧富の差が原点」と記したらしい。

自給自足のために、貨幣がほぼ意味を持たず、島民は台風が来るたびに何軒か飛ばされるという簡易な木と藁の家で、太陽のように明るい笑顔で暮らすカオハガンの島民を見ながら考えた。

私にしか書けないテーマを持とう。

大量生産、大量消費の対岸にある価値観、人、モノ、コトを描く。ビジネス上の計算のようなものとも違う。もっと自然に心の奥底から、「もう、こんなに持たなくていい」という想いが湧きおこっていた。

私たち夫婦は、壁事件の前年にマンションを購入。ローンのためにたくさんの仕事を受け、家具や生活道具などあれこれ〝足す〟生活だった。それが楽しいし、オシャレで快適だと思いこんでいたが、結果、子どもを不幸せにしていた。モノや金や数字で見えるやりがいを求めることに夢中で、大切な存在の悲しみに寄り添えていなかった。

おりしも出版界は、スローライフをうたう雑誌の創刊ラッシュで、足すより引きながらシンプルに心ゆたかに暮らしている人を取材することが増えていた。

これからも私は、子どもを預けて仕事をする。小学校に上がっても、放課後は学童クラブでふとしたときに息子や娘が寂しいと感じる瞬間はなくならないだろう。だとしたら、どうしても世の中に必要なことを、今書いておかねば消えてしまう価値観やモノ、コトを書かねばならない。寂しいときもあるけれど、母は大切なことを書いていると彼らにいつか納得してもらえるように。子どもたちにも誇りを持ってもらえるような原稿を。

いちライターの私が、「シンプルな暮らしをしましょう」などと書いても誰も読まない。そんな仕事を私に求める人もいない。

だが、自分にとっての裏テーマが決まると、取材で出会う人のふとした言葉、目にしたもの、どんなささやかな情報も、それまでとは全く違って感じられるようになる。与えられた企画に沿った内容だけではない、味わいと深度をもった原稿になりうる。

裏テーマを据えてからの日々、具体的な試みは次の項に。

勇気をもって助言した保育士の必死の眼差しと、教室の中央に置かれた寂しげな木の椅子ふたつの光景は、永遠に消せない痛みの記憶。仕事の大きな転換点である。

九〇年代後半に『リラックス』『ソトコト』、二〇〇〇年代に入って『チルチンびと』『クウネル』『天然生活』『リンカラン』、少し遅れて『うかたま』『ナチュリラ』などスローライフ系の雑誌が一斉に創刊され、二〇〇五年に松浦弥太郎さんの『暮しの手帖』編集長就任が大きな話題になった。

一九九五年の臨月まで編集プロダクションで働き、フリーライターとして歩き始めた自分と、初めての子育ては、右記のスローライフ系雑誌の流行とぴったり重なっていた。

最新のモノやブランドのクレジット、華やかな芸能人のアイコンが重要な時代から、日々の暮らしの尊さを見つめ直そう、シンプルに昔ながらの知恵を活かし、受け継がれた知恵やモノを大事にしようという個人のライフスタイル重視の時代へ。環境問題も暮らしも自分ごととして同じベクトルで考える読者が増え、丁寧な暮らしをしている市井の生活者が注目されるようになった。

すると、たとえば発酵食で有名な料理家が、あちこちの媒体で同時に取り上げられるという現象が起きる。このとき、裏テーマを意識すると、他の記事との差別化になる。

たとえば私の裏テーマ〝大量生産、大量消費の対岸に生きる人の価値観〟を描こうとすると、どんな発酵食を作っているかより、なぜそうするようになったのか、同じ時代に生きて、ジャンクフードもコンビニの便利さも知っているのになぜそんな手間暇かかるものを職にすることになったのかのほうに、興味の主眼が移る。自ずと主題はそちらになる。

目を引く発酵食の写真と素敵な顔写真は他誌と同じでも、本文では今まで語られてこなかった価値観や物語を抽出できる。あくまで裏テーマなので、大々的にそれについては書かない。編集部や読者が欲しい情報も入れる。だが、裏テーマがあるとなしでは、選択する言葉も変わり、行間から伝わるものが必ず違ってくる。

たまに、○○という事象を書籍にしたいと、同業者から相談を受ける。私は、その事象を通して何をいいたいのか、どんなメッセージを伝えたいのかのほうを尋ねる。

自分が抱く裏テーマなぞ、どんなにだいそれていても、偉そうでもいいと思う。世の中を啓蒙しようなんて私ごときが、とつい思いがちだが、自然界から紙という原料をもらって大量に印刷して商品にするのだから、それくらいの志がなければ、木から作るパルプに申し訳ない。

小手先であつらえた裏テーマでは頑張りきれない。このためなら一生捧げられると信じられるものでないと、すぐに底が尽きて乗り越えられない。ささっと書いて、さっとギャラをもらうのは楽だが、便利に使われていつかきっと終わる。その虚しさをさんざん経験してきたのでよくわかる。

今でも忘れられないが、「ベーグルがブームなので、全国の扱っているお店に電話取材して、ガイドブックを作りたい」という発注があった。飲食店への電話取材ほど大変なものはなく、営業時間外、またはアイドルタイムを狙ってかけるが、相手は疲れているのでだいたい歓迎されない。取材にはまだメールが使われていない頃のこと。二十代の駆け出しの頃なら、こうした大量の電話取材もいい訓練になったろうが、子どもの壁事件後だったので、返答に窮していた。すると、

「お子さん小さいですよね。電話取材だと家でもできると思ってお声がけしたんですが」

と言われた。

たしかに在宅でこなせる。ギャラもまとまった金額だ。あのとき、裏テーマを心に携えていなかったら、断れなかったと思う。だが百軒の店情報は、自分の裏テーマから外れていた――。

与えられる仕事を、条件だけで受けていると、いつかやりがいを見失い、仕事に飽きる。生涯追い求められる裏テーマは、書き手としての拠りどころとなり必ず自分を救ってく

れる。ごくたまに「あの記事は大平節が出ていましたね」と言われる。私にとっては最上の褒め言葉で、天にも昇るような気持ちになる。そう言われるものには、裏テーマが案配よく出ていることが多い。それが次の仕事への燃料になるのだ。

四章　文章磨き、日々の稽古

私の文章磨き、五つのヒント

ウェブ媒体で、文章を磨くために日々できることとは、というテーマをいただいた。ボスの教えを思い出しながら、「今日からすぐとり入れられる五つの技術」と題して綴ると、「社内報に転載したい」「カルチャー教室で講師を」「文章術の新書を」と、予想外にあちこちからお問い合わせをいただいた。学術研究的な裏付けはなにもないので、さすがに新書やレギュラー講師はお断りしたが、文章について学びたい人は多いのだなあと驚いた。

活字離れと言われるが、考えてみればソーシャルメディアもメッセンジャーアプリも、テキストによるコミュニケーションツールであり、むしろかつてより、日常で文章を書く機会は増えている。

そこで本章では、人や暮らしを書くときに、自分が日々心がけていることを記してみたい。小説や詩作とは違い、ブログやｎｏｔｅ、エッセイなど広く多くの人に届ける文章なので「わかりやすさ」を大前提にしている。じゃあわかりやすく書くためには？　という、経験からたぐりよせた独自のティップス。まずは、人や暮らしを書いてみたい人向けに書いた前述の五つを。

一、三行禁止

人は、他人の長い文章を読みたくない。好きな作家ならともかく、見ず知らずの誰かの文章、まして無料で読めるものならなおさらだ。長いとわかるやいなや読み手はその場を離れると思ったほうがいい。

だから一文が三行にまたがるときは、文章をいったん切る。私は週刊誌出身のボスに学んだので、とくに一文が長い文章については細かく注意された。三行だろうと四行だろうと読ませきる力がつくまでは、レッスンだと思って心がけてみてほしい。

二、書き出し命

書き出しの一行に全身全霊をかける。けっして「今日は」「私は」「この作品は」「○月○日、」で始めない。日記ならば、「今日」のことを書いているのは自明だ。私のエッセイなら「私」と書かなくても読者は主語をわかっている。映画、店、料理、場所。何かの説明であれば、「この○○は」を、読者はあらかじめわかって読み始めている。

つまり、読み手の心をキャッチするのか、リリースするのかは一行目にかかっている。

しつこくこだわろう。

三、常套句注意

いささか極端な話になるが、とくに代金をいただいて読んでもらうものに、常套句の多用は申し訳ないと私は思っている。雲ひとつない澄み渡った青空、ぎょっとして立ちすくむ、胸がいっぱいになる、たかが〜されど〜。誰もがはんこのように使いまわしのできる表現で、お金をいただくなんて失礼だよなと。

だからなるべく「自分にしかできない表現」を考えたい。じつはそれこそが大きくくくると文学の醍醐味のひとつであり、味わいであると思う。

また、よく聞く形容もできれば避ける。ぽってりとした器、ジューシーな肉汁、心地よい風。間違いではない。ただ、現在文章力を磨きたい、学びの途中であるという人は、訓練だと思って言いかえる習慣を身につけてはどうだろう。

四、末文で、最後の大勝負を

〈とてもおいしいラーメンだった〉〈感動的な作品だった〉はＮＧ。書き始めの一行と同様に最後の一行にも精力を注ごう。編プロ時代、最後をついまとめようとして前述のように書くと、必ずボスにこう斬ってすてられた。

「これじゃ小学生の作文だよ」

自分にしか書けない一行で締めると、途中脱線気味だったり、まとまっていなかったりしても、不思議と全体に締まった印象になる。

五、記号をやめる

誤解を恐れずにいえば、「！」や「？」など記号に頼ると、文章はとたんに安っぽくなる。記号ひとつで、大変多くの感情を伝えられて便利だが、そればかり使っていると表現力が上達しない。文章を学びたいと思っている段階では、ひとまず記号から距離をおき、オリジナルの言葉で表す癖をつけたい。

つまるところ、文章力とはいかにオリジナルの表現にこだわりきれるか。どこかで見たような文章ではない、多少構成が整っていなくても、その人にしかできない表現で、わかりやすく端的に書かれたものを人は読みたいものなのだ。

「誰もあなたの文章なんて読まない」

週刊誌出身のボスに何度も教えこまれた最も忘れられない教えは、「誰もあなたの書いた文章など読まないと思いなさい」である。

そういう前提でいると、読んでもらうために工夫を重ねるようになる。耳あたりのいい言葉を使っているけれど、本当に伝わるか。常套句だらけの借り物の文章になっていないか。自分だけが気持ちよくなっていないか。自分の書いた文章をチェックする目が意地悪になる。それがいい。客観視につながるというわけだ。

ボスの言葉はおおげさでもなんでもなくて、自分でお金を出して買った本や好きな作家でもない限り、人は望んで自分からは読まないのではないか。ニュースや話題の記事ならまだしも、個人の暮らしを書いた読み物となると……。

とくにウェブの読者はほとんどが「一見さん」だと思っている。見出しにつられたり、サイト自体を見る用事や習慣があり、目に止まったのでついでに読むという流れだったり。そこでつまらなかったら、クリックして終了。厳しい戦場で勝負するのに、ボスの教えが日に日に重みを増してくる。

この前提に立ったとき、もっともわかりやすく読者に嫌われるのは「自慢」である。

〈私はシャネルのバッグを持っている〉

〈私はボロボロのバッグを持っている〉

どちらを読みたいだろうか。

前者は「はいはい。よかったね」でおしまい。後者は、「なぜボロボロなんだ?」「どれくらいボロボロなんだろう」「わざわざエッセイに書くくらいだから、愛用しているんだろうか。それはどうして?」。たった一行でたくさんの疑問が生まれる。次を読み進めたくなる。つまり、読者は惹きつけられる。

ただし、〝高いものを書くな〟でも、〝自分を卑下しなさい〟という意味でもない。

〈私はボロボロのシャネルのバッグを持っている〉でも、惹句になる。シャネルなのになんでボロボロ? と自然に引き込まれる。

〈私は一世一代のつもりでドキドキしながら買ったシャネルを持っている〉も、いいかもしれない。率直な共感がある。

そんな自慢は書いていないつもりでも、一般の方のエッセイを読んでいると無意識の自己顕示欲が文章化されていることが少なくない。人は自分が思う以上に、自慢に対して敏感だと生業上よくよくわかっているので、なにげなく書かれた「気の優しい夫が」という誰かの一文に、勝手にハラハラしてしまうこともある。

そういう目で随筆や小説を読むと「素敵な自分」より「だめな自分」が主人公であることがほとんどだと気づく。歌詞もそうだ。「素敵な俺」が振られた歌には共感しづらい。

〝誰も自分の文章なんか読まない〟を念頭に、意地悪な目で推敲すれば、自慢の文章にすぐ気づけるのである。

書くことに悩むたび戻る場所

新刊が出たら必ず買うという作家でも、尊敬する作家でも、だれかひとり心酔する作家の全作を読むことは、必ず力になる。太宰好きの又吉直樹さんの作品を読んで、この持論に確信を持った。大大大好きな作家を持っている人は、本当に強い。

ちなみに大を三回も繰り返したのは、「大好き」くらいでは全作読まないものだからだ。

以前、村上春樹さんの本が好きすぎて解説本を出版した女性に会った。これが最初で最後の私の本ですと、はにかみながら彼女は言った。書いているとき、また上梓したとき、どれほど満たされていたことだろうと想像したら、こちらまで嬉しくなるようであった。

それくらい好きな作家がいるというのは、幸福なことだ。きっと彼女の細胞には、村上さんのエッセンスが隅々まで染み込んでいることだろう。文章を学ぶには読むことしかない。

私は新刊が出ると読む作家は何人かいるが、全作読んだのは開高健と向田邦子しかいない。それも、前者は自発的にではなく、二十年前、『開高健がいた。』（コロナ・ブックス、平凡社）という本の編集を手伝ったときに、たまたま彼の象徴的なフレーズを抜き出してコラージュのようにまとめるページの担当になり、渋々読み始めたというのが本当のところだ。読書の拘束時間に対して、まとめページの原稿料が見合わないので、お鉢が若輩の私に回ってきた格好。だれかの作品を全読するという機会は今後一生ないだろうと思ったので引き受けた。

いざ読んでみると、開高健は小説、随筆、紀行、ルポルタージュ、インタビュー集とジャンルが広い。そのどれもが素晴らしいクオリティなので飽きない。食、旅、釣り、そして戦争。テーマも広く、何度読んでも多くの作品の表現が古びていない。あの時分に開高作品と出会えたのは、なににも替えがたい経験となった。

姑息な助言を披露すると、文章修業も兼ねて全作トライしたいという向きには、故人の作家がベターだ。今活躍中で多作な作家は追いかけきれない。開高健は故人なので、ものぐさな私でも、よし制覇してみるかという気になれたのだと思う。そして可能なら、開高のようにさまざまな書き方を多様な媒体に発表している人が望ましい。「感動」を千も二千も違う書き方で表現し、読者を魅了するような作家が。

悩んだらその作家のどれかを読めば、少し元気になれる。自己嫌悪のほころびをチクチクと縫い直せる。そういう存在がいる人といない人とではきっと、書く文章が違うだろう。

書き続けてしばらくすると再び行き詰まる。私にとって、そんなときに戻れる自分だけの聖地が開高健と向田邦子なのである。

向田さん遊び

向田邦子の脚本以外の全作を読んだのは、じつは最近だ。

編集者から、「今すぐ、向田邦子を全作読むべきだ」と忠告されたのがきっかけである。「台所のルポをしながら、食や暮らしについても名著の多い向田さんを読んでいないなんて」と呆れられた。

走るようにして帰宅し、急いで本棚をパトロールした。あちこちから文庫が数冊見つかった。『父の詫び状』（文春文庫）は二冊もある。買うには買っていたのだ。〝この人は読んでおいた方がいいだろう〟という動機で読んでいるから、芯に響かず、持っていることも忘れてまた買っているのだ。

みんながいいと言うからヴィトンのバッグを買うのと同じようなものだ。かつての私にとって向田邦子は、ヴィトンと同じ〝記号〟だったのだろう。

あらためて読み始めると、衝撃を受けた。エッセイも小説も、桁外れに優れている。いったいこれまでどこを読んでいたんだと、自分の空っぽな目が恨めしくなる。

ない作品を次々買っては読んでいく。とても悲しいことに、向田邦子の書籍は多くはないので、ものの何日かで読み終えてしまった。彼女の文学の味わいを知れば知るほど、直木賞を取った翌年、作家としてはこれからという五一歳で没した不慮の事故が残念でならない。

ところで、読み進めるうちに、彼女のエッセイについて新たな楽しみが生まれた。タイトル、本文を読みながら、その作品がどんな系統の媒体のために書かれたものか予想するのだ。個性的な味わいを保ちながら、よく読むと、それがなんのために書かれたものか、目的が見えてくる。『眠る盃』(講談社文庫)には、エッセイ一作ごとの文末に、初出の掲載媒体が書かれているので答え合わせがすぐできる。

建具師の祖父の話はインテリア専門誌『室内』に、生まれて初めて縫った人形の着物の話は雑誌『日本のきもの』に。最初からいかにも媒体やクライアントを意識したような野暮な書き方はしない。引き込まれて読むうちに、ああもしかしてこれは保険関係の冊子からではと見当をつけると、当たる。

向田邦子という書き手がいかにしていい意味での作為を胸の内ポケットに隠しながら、文學というエンターテインメントの世界でのびやかに遊んでいるか。書き出し数行で、「きっとこれはミセス向けの雑誌でしょ?」と、サシで向田邦子と駆け引きをしている気持ちになる。エッセイの名手だからこそできる上等な遊びだ。ふつうの書き手なら、いかにもという匂いが一行目から漂ってしまい、すぐに媒体の種類がわかってしまうだろう。全く脈絡のなさそうな言葉を一行目に持ってきて、なんだなんだと観客の目を引き、最後に、ああこの雑誌からの依頼だったのねと気づかされる。脚本家の第一線で活躍していた彼女ならではの技だと思う。

ところで、没後に編まれた本の中には、『向田邦子ベスト・エッセイ』(ちくま文庫)のように、初出がエッセイ一作ごとではなく、巻末にまとめて収められているものがある。文句を言えた義理ではないが、私のように秘めた向田さん遊びをする者には、一編ごとに初出の種明かしをしてほしかった。ああ惜しい。

歌詞には学びがいっぱい

文章は色・音・香り・味・触感についての具体的な表現をひとつでも入れると、とたんにいきいきしだす。そこで、昔から私が参考にしているのは、「歌詞」である。

ワインレッドの心（安全地帯／井上陽水作詞）、チックタックと鳴る世界で（YOASOBI／Ayase作詞）、埃まみれドーナツ盤（あいみょん）、ドルチェ&ガッバーナのその香水（瑛人／8s作詞）、時間てこんな冷たかったかな（藤井風）……。

五感を刺激する言葉は、情景を想像する強力な手助けになり、物語を深め興味を引きつける効果がある。

編プロ時代のボスからは、誰も人はあなたの文章なんか読まないんだから、わかりやすいことがもっとも重要だと、ことあるごとに諭された。そのためにはまず——文章を学んでいる段階においては——短く、無駄がないほうが親切である。『井上ひさしと141人の仲間たちの作文教室』（新潮文庫）にも、「優れた文章書きは、なるべく小さく千切ったものを、相手に次々に提供していく」ものだと書かれている。

では、できるだけ簡潔に、たくさんの気持ちや情景描写を伝えるにはどうしたらいいか。名古屋でパチンコ店のCMの作詞をしていたころから、テレビで音楽番組が流れると、半ば無意識のうちに目で歌詞を追いかけるようになっていた。

その癖が、ライターになってから大いに役立ったのである。歌詞は、研ぎ澄まされた究極に少ない文字数で、ときに一本の映画ほどの濃厚な物語を描き出している。これこそ、わかりやすい文章の教科書ではないかと。

愛という言葉を使わずに、どうあふれる好きの気持ちを表現しているか。

サヨナラを使わずに、どう別れを表現するか。

先日も、マカロニえんぴつというバンドの「君といるときの僕が好きだ」という歌詞を見て唸った。「君が好きだ」はどこにでもあるけれど、八文字足すだけで見たことのない文章になる。君がいかに素敵か以上に、互いに満たされる恋愛の多幸感が伝わる。さらにタイトルは、『なんでもないよ、』。死なないでほしいとか守りたいとかどんな言葉も足りなくて、愛を囁きかけてからやっぱり「なんでもないよ」と言ってしまう。読点をつけたことで、ふたりの関係がこの先も続くんだな、続いてほしいと願っているんだなと伝わる。こんなにも短いのに、エスプリが利いていて、たくさんのことを伝える文章を私も書けるようになりたいと、刺激を受けた。

ちなみに十代の頃から今まで、毎回脱帽し続けている永遠の天才は松任谷由実さんである。彼女の歌詞は教科書を超えてもはや、表現の辞書だ。

荒井由実時代の名曲『翳りゆく部屋』など、映画を見ているように主人公のいる部屋や光景が目に浮かび、気持ちが手に取るように伝わってくる。

とくに二番の歌い出し「ランプを灯せば街は沈み　窓には部屋が映る」の一行が震えるくらい好きだ。悲しみに耽《ふけ》り、ふと気づいたら夕闇が迫っていて、部屋の電気を点ける。すると今まで見えていた窓の向こうの町並みが反射で見えなくなる。明かりに照らされた部屋がぼおっと窓に映り、きっと自分の寂しそうな顔も浮かび上がっている。それだけの描写なのに、もうそこには恋人がいないのだろうと想像できる。「街は沈み」とは、なんと独創的な表現か。「太陽が沈む」はあるが、「街」なんて、ありそうでない。

次の「冷たい壁に耳をあてて　靴音を追いかけた」というフレーズも珠玉だ。きっとスタイリッシュなコンクリートの打ちっぱなしのようなマンションで、もたれていた壁に耳を当てる。彼の足音が遠ざかっていくのをなすすべもなく、いつまでも耳を澄ませて聞いている。まだ好きなんだな、でももうこの恋は絶対に元の鞘《さや》に収まらないとわかる。愛が終わった直後の、まだなにも咀嚼《そしゃく》できていない女性のどうすることもできない虚しさや寂しさが、たったこれだけの文字数で、表現され尽くしている。その技術の高さとセンスに、何度読んでも心動かされる。天才っているんだな、と思う。

彼女の歌詞のようにできるだけ短い文字数で、できるだけたくさんのことを伝えられるようになりたい。何ひとつ難しい言葉を使わずに。できれば誰ひとり使っていない言葉の組み合わせで。

黒々チェック

「これは漢字が多すぎるね」と、ある書籍の監修者に注意された。漢字の分量で原稿の良し悪しを考えたことがなかったので驚いた。大学の教壇に立っているその人は、丁寧に説明をしてくださった。

「本を開いたときに、黒々としていたら読みたくなくなるもんなんですよ、人間って。漢字は黒い塊に見える。たいていの人は読み飛ばすか、読むのをやめたくなります」

たしかにそうだ。どんな印刷物でも、漢字が多すぎると「うっ」と構えてしまう。お勉強感が強まるからだろうか。それを個性や味わいとする小説は別として、わかりやすい文章のためには多すぎない方がベターだ。

「とくにこの本は、美容の歴史について書いたものですから、やわらかな印象のほうが合っています。不自然じゃない範囲で、ひらがなにしてみてください。見開きにしたときに、黒々しないよう気をつけて」

こんな難しい言葉も知っているんだぞとひけらかすなど、もってのほか。「人はだれもあなたの文章など読まない、を前提に」というボスの教えにも通じるところがある。

わかりやすくするためには、読みやすく。長文にしない、重複を避けるという技術的な推敲のほかに、見た目の黒々をなくすという視点は大変新鮮に思った。

ウェブメディアは、ますますこの配慮が必要になる。

私や編集者は、大きなデスクトップ画面で原稿をやり取りするが、ほとんどの読者は、通勤や食事しながらスマホで読む。手のひらサイズの画面を開いたとき、全体に黒々していたらそれだけでスワイプして読み飛ばしたくなるだろう。

暮らしや心の機微を書くときは、とくに気にしたほうがいい。ひらがなのやわらかさが作品全体の印象を助けてくれる。

私がウェブ連載で暮らしのことを綴ったのは、二〇〇〇年の「とほほでダハハ生活日誌(のちに「小さな家の生活日記」に改題)」(アサヒ・コム)が最初である。毎週更新で、十三年間続いた。そのときは漢字をあまり意識していなかった。新聞の硬い記事の延長で読む人が大半だったので、どこか無頓着になっていたからだと思う。

二〇一五年、ライフスタイルグッズを販売するネットショップ『北欧、暮らしの道具店』の公式サイトで、新連載が始まった。

本サイトで初めての外部執筆者とのことだった。編集者も私も手探りで作り上げた。このとき、不意にくだんの漢字の助言を思い出したのだ。

『北欧～』のサイトは、社風のように全体に明るく朗らかで、暮らしをもっと自分らしく楽しみましょうという空気に満ちていた。商品も、家にあったら安らぐなあとか、ちょっと気持ちが上がりそうだなというものばかりだ。

その空気を拙文が壊してはいけない。

やわらかく、楽しく、朗らかに。切ないことや、失敗続きの日々も気取らず自然体で。そう心がけると、黒々とした漢字が気になり始めた。

難しいことをわかりやすく書くほうがずっと難しい。

媒体が何であろうと、テーマが政治経済であろうと生活であろうと、できるだけわかりやすい表現で足元の目線から描きたい。戦争と平和の話も、台所の今日のおかずから。GDPだってトマトひとつから語れる。

黒々禁止は、私の中で壮大なテーゼなのである。

供養ファイル

長らく、パソコンの端っこに、供養ファイルがあった。二〇一三年以降は、スマホのメモアプリに取って代わった。

日々気になった言葉、いますぐ原稿に使えないがいつか使いたい美しい言葉、日本古来の味わい深い言葉、心に引っかかったできごとなどをメモする。好きな作家のグッときたフレーズに付箋を貼っておき、まとめて書き起こすこともある。

供養ファイルは、「頑張って使おうと思ったけれど、どうしても文章から浮いてしまうから、使える日がくるまでここに供養させといてね」という気持ちで収めるので、自分でそう呼んでいる。

文章の創作というのはやっかいなもので、巧みな表現を思いつくと〝私ってすごいでしょ〟と、ついひけらかしたくなる。文脈にあまり関係ないのに、気に入りすぎてどうしても使いたい。あれこれマッチングをしてみるのだが、やっぱりしっくりこない。でも使いたいんだよなあと、その言葉に固執してしまう。私は、わりと書き出しに多い。

経験上、この意固地は時間の無駄である。

合わないものは合わない。かといってサクッと消去するのも惜しいので、供養ファイルに収める。ここでしばし安らかに、と冥福を祈る。いつかピッタリする原稿のときに救済するので、冥福というのもあれだが、とにかくこうするといったん気持ちに収まりがつく。

たとえばその後、「びろう」という言葉を救済した。「びろうな話であるが」などと使うのを『使ってみたい 武士の日本語』(野火迅著)という本で知り、エッセイで使いたくてしょうがなくなった。礼儀をわきまえない無礼な場面や、不潔なさまを表すときに用いる。風邪をひいて鼻水が止まらなくなったときなどに前置きとして使うとかっこよさそうだ。

しかし、なかなか活躍の場がなかった。何年後かに、女性誌から「病気自慢」というテーマのエッセイを依頼され、膀胱炎をテーマに書いて、ようやく日の目を見た。それが一四一ページの作品である。

ひとつの表現に執着せず、採用と却下はできるだけ客観的に。自分の文章ほどそれが難しい。こだわりのリリースは、文章磨きの稽古になる。

レス・イズ・モア

音楽家の知人から弦楽四重奏の鑑賞会に誘われた。会場は吉村順三設計の個人宅だという。日本のモダニズム建築を代表する建築家で、和の精神を生かした静謐《せいひつ》で心地よいデザインが多くの住宅や別荘にも遺されている。

珍しい会場に興味を持ち、覗いたウェブサイトによると、現在は有形文化財として登録、所有者が時折コンサートに貸すなどしている。その記述の中にこんな言葉があった。「レス・イズ・モア」。

世界的建築家ミース・ファン・デル・ローエが提唱した言葉で、「少ないことは豊かなこと」と訳せる。吉村順三の設計したその家にも、この考え方が見事に具現化されているらしい。限られた空間や建材という最小の資源を使って、最大の成果を上げている、と。

ああ、文章と同じだなと思った。

書き手によるが、私は、文章はわかりやすくて、できるだけ短いほうが良いと考えている。かといって、「今日は晴れて嬉しいです」では、子どもの作文だ。同じ文字数で、世界の誰も表現していないようなオリジナルの伝え方をしなければ、人に読んでいただく作品にはならない。

じつはこれ、高い技術が必要で、私はまだまだ修業中だ。

難解なものは嚙み砕かずそのまま提示するほうが、ずっと楽なのである。だが、読者には伝わらない。井上ひさしの言葉にもあるように、〝難しいことを易しく、易しいことを深く、深いことを面白く〟書くのは、大変難しい。

近年チャットGPTという人工知能による対話や小説の自動生成が話題であるが、技術の向上で高度な文章は今後もいくらでも書けるようになるだろう。

しかし、吉村順三の住宅のように、最小の資源で最大の効果を持ち、なおかつ「作品」としての味わいを、後世の人々にまで与え続ける創造物は作れまい。

建築も文章も、ひいては暮らしも、レス・イズ・モアが美しい。少なくとも私は、そういう仕事を目指したい。

なんでも足すことは簡単。引くことは難儀。だからこそ、挑戦したいのである。人の知能でしか生み出せない味わいを求めて。

五章　暮らしと人を書くということ

時代遅れの学生運動

原爆投下に反対したアメリカの科学者を追いかけたノンフィクション『届かなかった手紙——原爆開発「マンハッタン計画」科学者たちの叫び』や、ウェブ連載「沖縄陸軍病院南風原壕を〝奇跡の戦跡〟にした男たち」（幻冬舎ｐｌｕｓ）を書いている。ときどき、いろんなテーマをお持ちなんですねと言われる。台所や人や暮らしからえらく離れているなと少し不思議そうに。あるいは、いぶかしげに。

自分の中では、暮らしの延長線上に平和も戦争もある。切っても切り離せないものだが、仕事をジャンルで分ける向きには奇異に見えるのかもしれない。

なぜ切り離せないと考えるようになったか。根底をたどると、学生時代の一年間に行き着く。

親元を離れたい一心で、目的もなく進んだ短大は、四大の併設で、社会福祉学部と経済学部と夜間、三つの学部生がいた。男子百二十人、女子百二十人の学生寮に入ると、そこは当時でも信じられないほど時代遅れの学生運動が、盛んだった。

知見の狭い私の分析からいうと、社会福祉は真剣に勉強すればするほど、政治に関心が強まる。福祉の予算を削ってなぜ防衛費に？　と、なるからだ。

学生寮の先輩の多くが、学生自治会やセツルメント、社会活動にうちこんでいた。全学連や全寮連の活動で、中央の組織に遠征する人もいた。社会福祉関連のボランティア、勉強会、署名活動。当時は福祉を学べる私大がほかになく、どうしても学びたいという学生が集っていた。身内に身障者がいる人、両親がろう者で幼い時から手話通訳の介助をしていたという人、認知症の祖父母を見て老人の発達心理学を学びたいと志した人。総じて早くから社会問題に対して関心が強く、同じ十八歳とは思えぬ意識の高い人たちが多かった。

学生運動についてことわっておくと、これは四十年も前の話で、最近母校に子どもを入れた旧友は「今はそういう傾向はない」とのことである。

当時でも、学生運動という言葉はすでに死語で、高校時代の親友は青学のミスキャンパス候補になったと喜んでいたし、中学の親友は推しのミュージシャンの手伝いに熱中していた。『JJ』や『CanCam』というファッション誌の読者モデルに多くの女子大生が憧れ、「これ会津の高校時代の友達だわ」と、学生寮の隣室の先輩がジャージ姿で雑誌をめくりながら遠い目になる。そんな時代に、母校と学生寮だけがタイムスリップしたように旧時代的な学生運動全盛だったのである。

核を搭載した米軍の航空母艦エンタープライズが佐世保に入港するというので、先輩に頼まれて反対署名を集めたり、通称〝全学連列車〟と呼ばれる青春十八きっぷの各駅停車を使い、徹夜で京都の全学連大会に駆けつける先輩にカンパをしたり。

一年のときは、のんきに遊びながら遠くから眺めていたが、言っていることは正しいと思えたし、ちょっとおもしろそうだという好奇心もあったように思う。二年は、短大学生自治会の執行部を引き受けた。

始終、手のあちこちを修正液のホワイトだらけにして学生会館につめるいっぽう、時々、二階の文研（文学研究会）のサークル室でお菓子をポリポリかじりながらサボる。自治会室では学費値上げ反対やストップ中曽根内閣などとやっているのに、文研では、村上龍が春樹が島田雅彦がと全く違う宇宙だ。だがどちらの部屋でもいちばん盛り上がるのは、何学部の誰と誰が付き合っている、あそこは別れたという噂話で、私は率先して双方で恋愛情宣活動にいそしんでいた。

特定の政党に属すまではしない、一年限りのにわか学生運動。そのときに学んだ民主主義という価値観や社会の見方は、今も思考の礎《いしずえ》になっている。

そのものさしのあるなしで、同じ事象でも見方や選ぶ言葉が変わる。

私は、自分の持ち場である暮らしの現場から、信じるものを追求し、自分のやり方で綴っていきたいと思っている。

きのう、四歳上のベテランライターの女性が、「どんなテーマも、自分なりに心を尽くして書いている。でも、それだけで終わってしまう虚しさを時々感じることがある」と語っていた。

とてもよくわかる話だと思った。私にも心当たりが大いにある。

そういうとき、自分の心の満たしを左右するのは、〝裏テーマ〟であり、この仕事を通して、自分は何を伝えたいかを下支えする思想なのだと思う。

編集部が伝えたいというテーマのミッションは満たした。その先に、自分という個人が伝えたいものとは。言葉にしなくても、思想は行間からきっと伝わる。

なくてもライターは務まるが、あると達成感が変わると信じている。

意外な副産物

ところで、時代遅れの学生運動から、私はライターとして後《のち》にとてつもなく役に立つ、得難い技術を身につけた。

昔の学生運動には欠かせない「ガリ字」の習得である。

ガリ字というのは、カクカクとした特徴的な書体のことである。デモの時に配られるビラや大学の立て看板によく見られる文字、といえばわかるだろうか。別名「ゲバ字」ともいう。

一九六〇年代の大学闘争時は、コピー機はない。ガリ版(謄写版)という印刷ツールを使い、チラシやビラを刷っていた。その際、誰の筆跡か公安警察にわからぬようにするため、学生は一律の手書き書体を習得したそうな。

私のときはもうガリ版ではなく、コピー機だった。だが、学生自治会でたくさん立て看を書かねばならなかったため、ガリ字を練習した。

このガリ字が今なんの役に立ったのかというと。

私が取材時に録音を使わないことに関係している。

ガリ字には、略字が多用される。「闘争」は「斗争」。「学費」は「学ヒ」。なにしろやたら会議が多いので速記能力も問われ、そこでも自分たちにだけわかる暗号のような略字が多用された。そのほか「活動」は「活Ｄｏ」。「確認」は、石へんに右のつくりがｋで「確」と読ませる。ごんべんにつくりがＮで「認」。「論争」は、ごんべんにつくりがＲで「論」＋Ｓｏ。病院は「ｈｐ」。

この略字が、ライターでインタビューしながらメモをとるときにとんでもなく便利なのである。右記の方法だと「確認」は半分以下の秒数で書ける。ガリ字を元にした独自のルールができ、汚い字にくわえ、おかしな略字で、自分にしかわからないミミズが這ったようなノートだが、速記が身についたのである。

「同窓会」なら「ＤＯＳＯ会」。今取り組んでいるノンフィクションでは、「吃音《きつおん》」という言葉がよく出てくるので略して「Ｋ音」。「行Ｄｏ」「言Ｄｏ」。

対談をまとめる仕事以外は録音をしないので、メモが頼りになる。そのことを長い間、珍しいと思っていなかった。同業者の現場を見ることがないので、気がつかなかったのだ。

数年前、柴咲コウさんと手仕事の現場を訪ねる連載を毎月ご一緒していた。何度目かのインタビュー中、ふとコウさんが顔を上げ「大平さんって、録音しないんだね」と、目を丸くしておっしゃった。担当編集者は間髪入れず、「そうなんです。大平さん昔から録らないんですよ。でも原稿は素晴らしいんです」とリップサービスも含め、説明してくださった。大丈夫、安心してくださいという感じで。

そのとき初めて、ああ他のライターは録音するんだなと知った。あまりに日常すぎて、一度も気に留めたことがなかった。取材を受ける側にしたら、この人大丈夫かと心配だろうし、何より正確を期すのが仕事の編集者こそ、不安だろう。だが長年ひと言もこのやり方を否定することなく、むしろこうして肯定してくださっていた信頼に気づき、心からありがたいと思った。打ち上げのとき、ベテランのカメラマンが「僕も録音しないライターさんって初めてで、最初は驚いた」と明かした。

録音をしない理由については次項で詳しく。

ひとまずここでは、なんとかレコーダーを使わずノートだけでやってこれたのはひとえに、あの斗争のまねごとの日々のおかげであるとまとめたい。人生、どんな経験が後に役に立つかわからないものである。

録音をしない理由　その一

ある日を境に、著書などの取材を受ける際、ライターさんが申し訳なさそうに自分のスマホを前に押し出し、こう言うようになった。

「すみませんが、録音をしない大平さんと違って不安なもので。録音させてください」

はて、と最初は戸惑った。けして謝ることではない。それになぜ、この方は私が取材で録音機を使わないのを知っているんだろう。

聞くと、自著『それでも食べて生きてゆく　東京の台所』で、しっかり書いていた。三週間前に夫を亡くされた人の話の途中にひと言。

〈私はふだんから録音用ＩＣレコーダーを持参しないが、この日だけは激しく悔いた。涙でメモがとれない。〉

「泣いた」ということを、別の表現にしたくて記したもので、自分のなかでは「涙でメモがとれない」の伏線的役割だったため、書いた意識があまりなかった。読者はぴんとこないだろうが、同業者はこういうところに敏く興味を持つのだなあと感心した。

ついでに、なぜ録音をしないかと必ずといっていいほど聞かれる。冒頭の一件まで、使わないということについての自覚がほとんどなかった。同業者と一緒に仕事をすることがないので、他の方のやり方を知らない。なんだったら、みなもあまり録音をしていないのではとさえ思っていた。

最初に断っておくが、録音は絶対にした方がいい。正確を期すのは書き手として大前提である。ただ、私にはその道具が合わなかっただけだ。だから本項は、録音ツールを使わないススメではない。

初期の頃はICレコーダーを持ち歩いていた。ところが、締め切りまでに文字起こしの時間がない。書き起こしても、どうもしっくりくる文章にならない。レコーダーを聞き起こして文字化し、それから文章の構成を考えると、伝えたいこととの温度がどんどん冷めていくような気がした。あるいは主題が遠くに行ってしまうような。レコーダーという機械の脳を借りて一度翻訳してもらう段階で、「私はこの文章でいちばんこれを伝えたい！」という想いに、隙間が入る。

駆け出しの頃は何でも受けていたので、締め切りはつねに団子状態。と、書き漏らすまいと鬼気迫る勢いでとっていたメモのほうがはるかに役に立った。そのうち、メモだけで構成するようになり、使わないなら録ってもしょうがないと持参しなくなった。

そのやり方もありだよ、と間接的に背中を押してくれた恩人がいる。

独立二年目ころ、育児雑誌で、あるタレントさんの対談ページを毎月担当することになった。連載なので収入が安定する。ミーハーなので著名人は好きであるし、ホスト役のタレントさんの人柄もいい。自分も出産して間もなかったので、育児というテーマへの興味も尽きず、楽しみな仕事だった。

その対談の第一回のゲストが、漫画家でエッセイストの故・まついなつきさんだった。タレントさんが彼女の作品の大ファンだったのだ。代表作は、育児漫画エッセイのはしりとなった『笑う出産』。六十万部の大ベストセラーで、働く母親の少し先輩にあたる。

私はいつものように、録音せずにふたりの対談を取材。前編、後編と二カ月にわたり掲載された。話し好きで、引き出しが豊富。ふたりの話はあちこちに飛びながら、おおいに盛り上がった。

その半年後くらいだろうか。

ライター仲間が、他媒体でまついさんに取材をした。たまたま雑談で私の話をしたらしい。友達がまついさんにお目にかかってるんです、と。

あとから、「まついさんがあんたのこと、こう言ってたよ」と教えてくれた。

「あの人すごいね。録音せずにまとめるの。え、こんなこと話したっけって思うんだけど、たしかに私が言ったことしか書いてない。あちこち脱線した話がちゃんと原稿になってた」

まついさんはきっと、そんな話をした記憶もないであろうまま、早くに天に旅立ってしまった。

ライターというのは黒子で、担当編集者以外に褒められる機会はあまりない。だから飛び上がるほど嬉しかった。とりわけ、ICレコーダーを使わない私の仕事の進め方を、そんな形で肯定されたことがありがたかった。

ライターとして正しくないのだろうが、私はこのやり方でいいんだと背中を押された気持ちになった。

こうして、ICレコーダーを使わぬまま、二九年間きてしまった。使わないことでもたらされる効用を、今最も深く実感するのは、「東京の台所」の取材である。

録音をしない理由　その二

「東京の台所」は何度も書いているように、お相手の一般の方にとにかくリラックスしていただくことが肝である。バリアがあったら、深い心の内など絶対に引き出せない。「ちょっと失礼して録音させていただきます」と、すっと黒いＩＣレコーダーを相手の目前に出したり、スマホの録音アプリをオンにしたら、だれだって身構える。私が取材を受ける側でも、「下手なことは喋れないぞ」と見えないバリアが一枚できるだろう。

現実的に、最初の三年間は毎週取材をしていたので、文字起こしをしている時間は皆無だった。他に女性誌や住宅誌などいくつかの締め切りが並行してある。それを言い訳に、取材はメモだけを頼りにした。昔の新聞記者はみなそうだったわけで、少し開き直っているところもある。

ノートの見開きが、文章構成のキャンバスになる。人生を振り返るお相手は、ときに話が行ったり戻ったりする。「ここの部分はもう少し聞きたいぞ」「事実関係を確認したいな」と思っても遮らずいったん、先方がひと息つくまで聞く。そのかわり深掘りしたい部分のメモは、円で囲ったり、下線を引いたりしておく。相手が、ひと息ついた時にメモの印を見ながら、質問をさかのぼる。

「ところで先程の〜〜のお話ですが、そのときお連れ合いはなんと言ったのですか」

「〝このときがっかりした〟とおっしゃいましたが、どうしてですか」

前のページを開きながら尋ねると、相手の取材態度があきらかに少し変わる。〝この人は私の話をひと言も聞き漏らさず、真剣に聞いてくれている。ちゃんと話をしよう〟という気持ちになってくれるようなのだ。

これは著名人も同様である。何気なく話した言葉を、あとからこちらがすくい取ると、ハッとした表情になる。録音をしないので、何がキーワードか、主題は何か、精神性のルーツはどこか、限られた時間の中でアンテナを張り巡らせている。そこに引っかかった言葉は相手にとっても、自分を語る大事な鍵であることが多い。

ミミズの這ったような字で、必死の形相でメモをとる私の姿に、なんだか雪崩《なだれ》に巻き込まれるようにして気がついたら取材に協力させられていた、というのが本当のところではあるまいか。

メモだけが頼りの利点はもうひとつある。話を聞きながら、ぼんやり「起承転結」の構成ができることだ。ノートの紙面を使って、このエピソードが導入、コチラが核心、となんとなく見えてくる。

聞きながら、ノートにマーカーで色の印をつける。たとえば、核心になりそうだと感じた部分をピンクに。執筆時、そのピンクの核心を補強してくれそうな言葉や話をところどころ別の色でマーキングする。カラーで囲った部分を集めると、主題が見えてくる。

執筆の時短にもなり、一見ぐちゃぐちゃな文字のノートは、何が無駄で何が必要か、瞬時に取捨選択できるツールになる。この可視化が役立っている。

すべてをもれなく録音し、ひと通り聞いてふるいにかける作業をしていたら、私はおそらくここまでこの仕事を続けていられなかった。こんな感覚は私だけかもしれないが、録音すると、すべての情報がつるっと平べったく見えてしまう。起承転結の起伏がなくなる。

年号や金額などの数字、医学などの専門用語が登場する取材には録音が必須だが、暮らしや心の機微を作品に昇華するとき、私にはノートとペンがあれば十分なのである。

「力を貸す」と「仕事を請け負う」は違う

「あー、そのカメラマン、私も使いたかったのにー」

編プロで編集をしていた頃、担当ページが割り振られると皆一斉に、イチオシのスタッフにオファーをかける。実力者は人気が集中するので、取り合いになる。譲ったり譲られたりしながらスタッフ決めをしていると、いつも穏和なボスに、語気を強めて注意された。

「〝誰々にお願いする〟と言ってください。僕たち編集者は、自分で書けないし、写真も撮れない。外部の人がいないと何もできない。使うんじゃない。未熟だからプロの力を借してくださいと、お願いをする立場なんだ」

ギャラを切る側なので、無意識のうちに雇う感覚でいた。

以来、だれも「使う」と言わなくなった。

年月は流れ、私は使われる側になった。

対価をもらうのはありがたい。いただくからには、全力で力を貸さなければならない。

「ライター、誰使う?」

「力を貸す」と「仕事を請け負う」には、大きな違いがある。前者は、原稿以外の目に見えない働きも含んでいる。

たとえば、始まって間もないウェブ編集部で、「段取りなどわからないことが多いので教えてください」と言われたら、はりきって腕まくりをする。著名人への謝礼交渉を相談されたときも、赤裸々に自分の経験を伝えた。マネージャーさんとの駆け引きのコツまでも。

仕事を納品するだけなら、右記は余計なお世話になる。だが、ボスの「力を貸してもらうんだ」が胸にあるので、私の拙い経験で良かったらいくらでもアドバイスをしますという体《てい》になる。それで仮に、都合良く使われたとしてもしょうがない。自分が勝手にやっているのだから。

今の出版界には人的余裕がない。中堅の二十代後半から四十代は管理職的な仕事もしながら、自分の担当ページもあり、部下の面倒も見なければならない。

その世代の人たちは、会社の大小にかかわらず、皆本当によく働いているし、大変そうだ。ていねいに新人を教育する時間がないのだなと、はたから見ていてもわかるので、新人さんが不安そうにしていると、あれこれ口を添えてしまう。誰からも頼まれていないのに。じつはこれ、迷惑がられているかもしれない。どこまで貸したらいいのかな。ボスがいたら聞けるのにな。

心の貯金

娘が幼い頃、原稿の締め切りが続いて、無意識のうちにため息をついていたら、聞かれた。

「ママ、そのお仕事きらいなの？」

「好きだよ」

「じゃ、どうしてさっきからため息ついてるの？」

「締め切りがたまっちゃって、好きでも、一瞬だけちょっと気が重くなったんだよ」

「締め切りがいっぱいだと、たくさんお金もらえるの？」

「もらえるかどうかわからないけど、好きだからお金の量はあんまり気にならないかもしれないないなぁ」

「じゃ、心にいっぱい貯金たまるね！」

子どもはみな詩人だというが、本当だと思った。

好きなことを生業にしているのに、いつしか近くのものしか見えなくなっていた。

一歩引いて、遠くから自分を見たなら、しあわせのかけらをたくさん感じられるはずなのに。

心の貯金か。いい言葉だなと心に刻んだ。

その通帳に満額はない。いくつになっても、魂が震える瞬間を見のがさずにいれば、きっとどんどん積み立てられてゆくのだろう。


あれから幾年月。

あいかわらずため息は出るし、気づけば「あー疲れた」が口癖になっている。敏感に魂が震えなくなったらどうしよう。年をとって何も感じなくなったら……と新しい不安も加わる。

カメラマンの友達もこの二十数年、会えば同じことを言っている。

「仕事なくなったらどうしよう。次の職業、考えとかなきゃ」

同じ編プロ出身で、ライターを経て制作会社を自分で作った友達も、「自分はクライアントから仕事をもらう身。どんなに今安定していても、いつまで続くかわからないから不安でしょうがない」と呪文のように唱え続ける。先日設立十周年と、新宿の新オフィスに移転した旨のメールが来たけれど、それとこれとは違うらしい。

彼女たちは私の知る限り、フリーになってからずっと仕事が途絶えたことがない。けれども、「安定」という二文字の前に立つと、とたんに自信がなくなるのだ。

編集者が自分よりどんどん若くなっていくのを見ると、私も同じように心細くなる。ベテランは使いにくい、若い人のほうがいいなと思うんだろうなと、勝手に恐れている。

しかし、ここまで続けてこられたのは私も彼女たちも、心の貯金があるからだ。好きをエネルギーに走ってこられた。ギャラの安さに泣いたり、理不尽な訂正の指摘をのんだり。やめようと思えばやめられるタイミングがいくつもあったなかで、一度もやめようと思わなかったのだから、前を向くしかあるまい。

不安でもなんでも貯金をし続けるしかないのだ、もう。

エゴと装丁

『かみさま』(ポプラ社)、『紙さまの話』(誠文堂新光社)という本を上梓している。様々なアーティストやクリエイター、活版職人、デザイナー、古書店主の方々に、包装紙や切手、おみくじ、タグ、化粧品の箱など、人にはなんでもなく見える紙と自分との特別な物語を聞いてまとめた。中国や韓国でも、それぞれに美しい装丁で出版されている。

紙の手触り、デザイン、フォント、人の手の痕跡が伝わる温もり、全てが大好きだ。本の装丁や紙製のパッケージデザインにも目がない。紙の商社、竹尾の見本帖本店には何時間でもいられる。

そんななので、自著の装丁にもこだわりが強い。

できるだけ静謐でじっくり読みたくなる落ち着いたデザインを。書体はゴシックではなく明朝体や宋朝体が好きなので、それに近いものだと嬉しい。

デザイナーさんとの最初の打ち合わせにはよく、造本設計から紙質、書体、凝ったレイアウトの何もかもが、所有する書籍の中で最も好きな『2角形の詩論』(北園克衛著、リブロポート）を持っていった。装丁は、作品という子どもに着せる洋服のようなものに思え、できるだけ感じの良い、素敵だなと思われるものを望んだ。

編集者やデザイナーにとってみれば、おそらく嫌な著者だ。デザインの素人のくせに、イメージだけでうるさいことを要望するのだから。ベストセラー作家ならまだしも。

自分は大きな思い違いをしていたと気づかされたのはごく最近である。ある著書の打ち合わせがきっかけだ。

カバーデザインはどうするという話になり、いつものように紙好きをきどって言った。

「文字だけってどうでしょう。静かで人の心にストレートに響くような。うるさい装丁より目立っていいと思うんですよね」

あと三年で定年というベテラン編集者に、「たとえばどんな？」と聞かれた。

私は、心惹かれる文字だけのカバーの本を、スマホ画面で検索してみせた。

彼は静かに、しかしきっぱりと言った。

「美しくてとっても素敵だけど、なかには締め出されてしまう人がいるかもしれませんね」

頭を殴られたような気がした。

どんなに美しくて、かっこよくても、本は読まれなければ価値がない。

彼は続けた。

「僕はこの作品は、今の世の中に響くとても大事なテーマを扱っていると思うので、ひとりでも多くの人に読んでもらいたい。ふだん本を読まない若い子にも手にとってもらいたいと思っています。大平さんのおっしゃるデザインは、ふだん本を読まない若い人などは、手に取りにくいかもしれません。洗練されすぎて、自分には関係のない本だと思われてしまう可能性があります。そういう人たちを排除しないためには、ポップさや親しみやすさ、大衆性も必要です」

ぐうの音も出なかった。

かっこいい本にしたいというエゴが、自分の中で最優先になっていた。

自分本意なエゴのために、排除されかけていたのは私の方だったのだ。

危ないところであった。

きのうのお昼ごはんは何だっけ

一カ月ほど、締め切りが続き慌ただしい時を過ごした。

忙しくても、しっかりお腹は減ってくれる。だから朝作っておいた昼食を、十四時頃仕事部屋で食べた。ふだんはリビングで食べるのだが、その時間も惜しいので、パソコンの前にお盆を置いて、ときどき画面を眺めながら口に運ぶ。人にはとてもお見せできない食事スタイルである。

そういう日の共通項に、〝前日食べたものを忘れる〟というのがある。朝、「あれ？　きのう何食べたっけ」。しばらくして、ああスープとパンだったと気づく。

多少きれいに盛り付けても、お気に入りの皿を使っても、好物でもそう。すぐに思い出せないのである。

途中で私は、未来が少し怖くなった。

このままいくと、私は仕事のために、昼ごはんのような、書き出すほどでもないささやかな幸せを見逃すことになる。いつもより肉じゃがが少しおいしくできたことや、冬はおにぎりの具に唐辛子味噌がよく合うことにも気づかず、ただ機械的に栄養を取り込むだけの人生になってしまう。

仕事に限らず、課題の提出や、何かやらなければいけない作業が目の前にあると、夢中になって寝食を忘れがちになることもあるだろう。たまにならいいが、標準仕様になってはいけない。小さな幸せに気づけない者が、人に幸せな気持ちになってもらうような文章は書けるはずがない。

古典落語の『寿限無《じゅげむ》』に、「食う寝るところに住むところ」という言葉がある。生きていくのに、「食」と「住」が大切なので、このふたつに困らぬようにという和尚の教えから、子どもに長い名前を命名した夫婦の笑い話である。

おいしく食べて、健やかに眠り、心地よい場所に住む。

自分や家族が体を壊すと、その大切さが身にしみる。生きていくうえで、それ以上に大切なことなんて、そうそうないよなと実感する。でも壊す前に気づきたいもの。

自分への戒めにもう一度書く。昨日食べた昼ごはんを、すぐ思い出せないような暮らしはいけない。

学びどき、磨きどき

できる限り天然由来の染料を使い、縫製も国内でまかなっているアパレルブランドがある。その経営者から、印象深い言葉を聞いた。

「はじめは洋服が好きという一心で、あまり仕事をしているという感覚はなかったのですが、これは経営という仕事だと最初に実感したのは、お金が足りなくて銀行から借りたときです」

社員を養っていくためのビジョン、これからどんな方向に進むべきか、社会で果たすべき役割は。計画や展望を細かに銀行に説明することで、責任が生まれ、冷静で多角的な視点ができたという。

「そこであらためて僕は、経営者という新しい目で、洋服への学びを深めていきました」

私は聞きながら、仕事は、学ぶときと磨きあげるときの二段階があるんだなと思った。

たとえば、店頭で洋服をお客さんに勧めるには、身につけておかねばならない知識がたくさんある。生地の種類や成り立ち、縫製の技術、流行やコーディネート法からお手入れのしかたまで。

たぶん、彼にも仕事を始めた頃、学びの季節があったはずだ。やがて独立を果たし、無我夢中で走りながら、ある時期に経営者としての視点を得た。そこから同じ洋服に対しても、見かたや距離が変わった。原点の「好き」という情熱から育ったもっと広い見地が。

仕事は、学びながら即実践することの連続で、成功したり失敗したりを繰り返しながら自分なりの理論ができてゆく。

あるタイミングが来たら、それを磨くという方向にシフトするのがベストだろうが、「今がそのときだ」なんて、なかなかわからないもの。おまけに、慣れてくるとなんでもできるような気になってしまう。学びきった、自分はもうこの道のプロであると、勘違いもしがちだ。

私がそうだった。取材、執筆、校正。二十八年やってきたのだし、わからないことなんてないと驕《おご》っていた。そこがゴールでもないのに。

誰かに褒められたり、認められたり、仕事を拡大するときこそ、自分の再びの磨きどきなのだ。いいと言われているものが本当にいいのか。視野が狭くないか。偏っていないか。もっといいものにするための工夫の余地はないか。

私の仕事は銀行とは縁がないので、事業計画書を作って誰かに説明する機会はないけれど、自分に向けてビジョンを言語化したらきっと有意義なはず。自分の立ち位置や、努力すべき方向性、課題も見えてくるだろう。そういえば、駆け出しの頃先輩に教わったライフワーク・ライスワークの目標決めが、それだったのだろうか——。

大好きな洋服が、経営という仕事になった瞬間の話はひどく示唆的で、気持ちが新たになった。

経験にあぐらをかきがちなときこそ、自分を磨き始めるチャンス。いくつになっても、〝維持して安定〟ではなく、さらに磨き続けて成長をし続けるほうが人生は楽しい。

「売りにくい本を書いてるね」

「いい内容だったけど、書店としては売りにくい本を書いてるね」

編集プロダクション時代、お世話になっていた出版社の担当者が十数年後、別の出版社で編集長となり、再会した。冒頭は、著書『東京の台所』の感想に添えられたひと言だった。

昔から歯に衣着せず語る人で、私はそういう率直なタイプが嫌いではない。だから素直に受け取った。――そうか。ノンフィクションの棚でも、料理の棚でも、ましてやインテリアの棚とも違う。ジャンル分けすることが難しい。書店員さんも困るよな。

日々のささやかな喜びの尊さとともに、台所を通してニュースからこぼれ落ちる声にならない声をすくいとりたかった。子育ての密室の孤独、ブランクがある女性の再就職の難しさ、地域格差、働き方改革の理想と現実、ＬＧＢＴＱの方々の生きづらさ、親の介護、ヤングケアラー。

コロナ禍前は、取材家庭のほとんどで、平日父親が家族と夕食を囲んでいなかった。また、夫の転勤についていくため、行く先々でパートしかできず自分の人生がないと漏らす女性の存在も気になった。あるいは妻に先立たれ、不登校の娘を抱えて今にも折れそうになっている父親。精神疾患の母親に振り回され、ひとり暮らしがままならない十九歳。メディアには取り上げられないひとりひとりの生活に、じつは社会の課題が内包されている。それらは、ロールモデルのない仕事を手探りで続けるなかで次第に気づいていったことだ。最初はもっと個人的な興味から始まっていた。

表現をする仕事は、なんでもカテゴライズされがちだ。そうするとわかりやすいからである。どう売るか、どう広めるかを考えるとき、ジャンル分けをすると伝わりやすく、利便性が高まる。

『東京の台所』のような、料理ともインテリアとも人物ノンフィクションともいいきれない作品が「売りにくそうだ」と心配されるのもよくわかる話なのである。だから、私自身も冒頭の「恥ずかしい詫び状」に書いたように、ずっと〝肩書迷子〟なのだと思う。

あるテレビ番組に出演した折、手違いで「台所評論家」とテロップが流れた。ディレクターとプロデューサーは、アシスタントディレクターが適当につけたそれのチェックを見落としたというケアレスミスであった。間違いは誰にもあり、訂正の対応もできる限りのことをしてくれたので遺恨はない。

脳裏にふと「売りにくい本を書いてるね」という言葉が浮かんだ。これらの出来事にはきっと共通項があると思った。

「料理や家事や生活の営みのほとんどが、名もなき労働だからではないでしょうか」

凹んでいる私に、ある編集者が呟いた。どこからかひらひらと蝶が舞ってきて、水が切れかけた花に止まったかのように感じた。

暮らしを支える根幹の営みには名前がない。しかし、そこにもかけがえのない価値がある。世界的にはその価値を見直そうという潮流が大きくなりつつあるが、日本の既存のメディアでは主流ではない。読み手のほうがずっとその価値の尊さを知っている。ＱＯＬ（クオリティ・オブ・ライフ）など、どうでもいいと思う人がいないように。

私が気にすべきは、古い社会のしくみのなかで、どう見られたいかではない。

新しく変化しつつある社会のなかでどう立つのか。

だから「台所評論家」に右往左往したり、「売りにくい」という分析にいちいち気を揉まなくてもいいのだ。むしろ気に病むこと自体が、昔ながらのカテゴライズという枠の中に自分もまだいるということになるのかもしれない。

台所本は十一年かけて書籍三冊。ありがたいことにすべての本が版を重ねている。妥協せず編み上げる編集者と、一冊ずつ大切に売ってくださった書店の方々、なにより財布からお金を出し、本棚に加えてくださった読者の方のおかげである。今まで通り粛々と、自分の伝えたいものを信じて紡いでいこう。

名前のない労働の価値

料理や掃除などの家事、暮らしの根幹を支える営みのほとんどは名もなき労働だと前項で記した。だから、書店やＡｍａｚｏｎに「生活ノンフィクション」というジャンルがないのだと思う。

アメリカのシカゴに、ハルハウス博物館がある。社会福祉家ジェーン・アダムスがかつて社会活動をしていた一軒家をオープンにしたもので、ここを訪れた日本人社会学者の話を講演で聞いた。彼が見学したときは「LOVE & LABOR（愛と労働）」というテーマの展示があったという。食器洗いのスポンジが展示され、「これを使うのは誰ですか？」と添え書きされていたそう。まさに名もなき労働をしてきた女性たちの記録である。

それらの家事労働は、目に見えないので「シャドーワーク」と呼ばれている。

時代背景や立場もまるっきり違うが、「東京の台所」を取材していて、台所仕事というのは、愛だけを対価にした終わりのない労働、ある意味でのシャドーワークであると痛感している。母・父・妻・夫・パートナー、ときに子どもが、共に暮らす人のために担うシャドーワーク。ひとり暮らしでも、日々に目に見えない労働はいくらでもある。

私はそこにゆたかな価値が宿っていることも知っている。シャドーの中には、喜びや工夫、試行と発見など個々に物語があり、じつは創造性に富んだ作業なのである。

ところが歴史的に長くそこに光が当たってこなかった。時短や便利な家事術は昔から種々紹介されてきたが、それをしない人にとっては〝よそ事〟である。多くの場合、男性や政治家や実業家らにとっては。学術研究の分野でも、人が生きていくために必要な価値ある作業という捉え方はされてこず、台所の間取りやしきたり、民俗学的な研究はあれども、家事労働についてのそれは少ない。いろんな意味で「シャドー」なのだ。

コロナ禍以降は、「東京の台所」に男性からの取材申し込みが増えた。リモートワークにより、夫婦ともに自炊の機会が増えたせいだろう。

ある二十代の同棲カップルも、男性からの応募で、料理はもちろん、器の収納のしかたや料理道具の選択も彼の担当。楽しそうに次々説明をしてくれた。しかし、私はだんだん焦り始める。どれだけ聞いても、得意料理やなぜ台所担当なのかという話が出てこないからだ。

よくよく聞いて、自分がとんでもない勘違いをしていることに気づいた。

彼の五十代の両親は共働きで、会社員の母より大工の父のほうが早く帰宅する。夕食は父の担当で、幼い頃から台所に立つ父の背中を見て育った。だから彼はもともと、台所取材に応募することや、自分が料理を担うことが特別なこととは思っていない。女性が応募するように、ごく普通に自分も食について語りたい、台所について振り返りたいと思っている。男性だからなぜ料理を特別視していた自分の思い込みが、勝手に違和感を醸成していたのだ。

総務省統計局の「労働力調査」によると、一九九一年、共働き世帯が専業主婦世帯を抜いて増加、後者は減少の一途にある。つまり若い世代の中には、共働き家庭で父がふつうに台所に立つ姿を見て育った人も増えつつある。

シャドーワークに参加する男性が増えていけば、その意義や価値を見出す流れはさらに太くなっていくだろう。そうあってほしいと願っている。食器洗いのスポンジについて語り合うことは、株価や政治を語ることと同じくらい意味がある。

自分を喜ばせる方法を

感性や技術を磨き上げることと同じくらい、自分の機嫌を取ることも忘れたくない。励ましたり、肯定したり、自分をもっと大事にしてあげたい。

窓があるところで原稿を書くとたいてい機嫌がよく、筆が進むと書いた。喫茶店やファミレスで仕事をするときは、どんなに小さな窓でも、眺めが悪くても、騒々しくても、小窓がひとつあれば迷わずそこを選ぶ。気持ちの抜け道ができるようで、リラックスするのだ。そんなふうに、自分を喜ばせる方法をもっとたくさん見つけたい。

空気を読みすぎて自分が苦しくなったり、生きづらさを抱えたりしている人を取材で何人も見てきた。

とくに若い世代は、頑張って無理をしがちだ。台所の取材でも、始めた十一年前より今のほうがメンタルの問題を抱えている若者が明らかに多い。もっと楽に考えられたらいいのだがなあと、こちらまで苦しくなる。

「頑張りすぎないで」も、言うは易いが、じつはひどく難しい助言である。これまでの著書で何度も「頑張りすぎるのをやめよう。自分ファーストで」と書いてきた。しかし、取材を重ねてみると、頑張ってきた人が急に休むことも、誰かにまかせるのも、力を抜くのも簡単ではない。頑張らないように自分をコントロールするなんて、もしかしたらつらくても頑張ることよりハードなのではと思うようになった。

台所の取材で、メンタルの問題を抱えたことのある人は、共通して仕事熱心だった。イメージではなく、総じて真面目な気質がうかがえた。それは取り繕うことのできない台所だからこそわかることでもある。

忙しくて料理を作る時間がないのに、野菜を買ってはだめにしてしまう。こんな食生活ではいけない、次こそ作ろうとスーパーでキャベツをかごに入れてしまうのだ。たぶん来週も無理だろうと知りつつ。

後輩の面倒を見て、リーダーとして集団の管理をする。翌日の会議の資料もある。任せることができないので、自分が請け負い、夜は疲れてカップラーメンかコンビニ弁当に。冷蔵庫にぽつんと残ったキャベツ半玉をみるたび、「これではいけない」と自分を責める。そんな日々の繰り返しの人に「頑張りすぎないで」は、なんの支えになろう。

イラストレーターのヨシタケシンスケさんと対談をしたとき、「どこまで頑張れて、どこ以上は自分は折れるのか。またそうなったとき、どれくらいの休養や落ち込みで心が回復するかを把握しておくしかない」とおっしゃっていた。自分が頑張れる「加減」を知ることこそ、実用的な自分養生の術《すべ》のひとつだと印象深く思った。

さて、ときに頑張りすぎの取材相手を心配する私はどうだろう。

空気を気にして、世間を気にして。私は私を大事にしているだろうか。

自分を大事にせずに突き進むと、誰も幸せにならないと身をもって学んだ。そして、自分に優しくできないと、取材者に柔らかな気持ちで寄り添えない。暮らしと人のゆたかさも書けない。

磨きながら、頑張りきれる加減を知りながら、自分を大切にする。これ以上は無理という限界点を正しく把握する。

これからも書き続けるための、簡単で難しい私の目標である。

吉沢邸の新聞紙

あちこちに書いたり話したりしてきたことだが、私は「東京の台所」の連載を始めて二年目くらいのころ、執筆に飽きた。まことに恥ずべき話である。

三時間ほどインタビューをすると、だいたいこんな感じと構成が決まり、結びの文章も見えてくる。最初の二年弱は毎週掲載、自分で撮った写真のセレクトやレタッチもある。他の雑誌や著書の締め切りも抱えていたので、毎日が自転車操業だった。書いては出し、書いては出し。

話はそれるが、そのころ、よく同じ夢を見た。

『三枚のお札《ふだ》』という民話で、なぜか私がお寺の小僧になって山ん婆に追いかけられている。和尚さんに〝魔除けに使いなさい〟と渡された三枚のお札を、走りながら後ろに「えいやっ」と投げるのだが、気づくとその札が原稿の束になっているのだ。お寺の廊下は、どんなに柱の角を曲がっても続いている。投げても投げても追いかけてくる山ん婆は、締め切りの権化だったのだろう。……なんだか振り返ると、えらく切ない夢だ。

そんな忙しさは、飽きたことの表面的な理由に過ぎず、本質は別のところにあるとのちに気づいた。

この仕事の意義をいちばんわかっていなかったのは私だった。

雑誌『暮らしのヒント集』（暮しの手帖社）で、家事評論家の吉沢久子さん（二〇一九年、百一歳で没）に取材をした。当時九十五歳。衣食住や人生について十ページ余にわたりインタビューをするもので、お疲れが出ないよう半年間、何回かに分けてご自宅に通った。

吉沢さんは、夫を亡くしてからはひとり暮らしで、九十歳を過ぎてなお元気に暮らし、執筆生活を送っていらした。やわらかな物腰と明晰なお話、丁寧な料理をはじめとする心ゆたかなひとり暮らしぶりが注目され、八十代後半からシニアライフを綴ったエッセイが次々とベストセラーに。お話し好きで、誰に対しても垣根がない。お会いする全員が彼女のファンになるのではと思うほど――実際、取材した仕事仲間はみな魅了されていた――チャーミングな方だった。

あるとき、なにげなく廊下に積まれた新聞の山に目を留めた。『新潟日報』であった。朝刊に、コラム『家事レポート』を一九六七年から連載、当初は毎週、お歳を召してからは月に一回、取材時は体調に合わせて不定期ながらも四十六年目だった。

新聞は毎日届いているようだ。私たちの仕事は、自分が担当した号は編集部から「掲載紙（誌・本）」という形で送ってもらえる。吉沢さんには連載した日以外のものも届いているらしい。

「新聞社から毎日送ってくださるとは、丁寧な新聞社ですね」

吉沢さんは、何でもないように首を振った。

「違うの。購読しているの。一日遅れで郵便で届くようにしてもらっているんですよ」

ひどく驚いた。私は担当している媒体を、自分で買ったことがほとんどない。なぜですか、と前のめりに尋ねる。

「新潟の家事のことを書くなら、その地方の方々の暮らしを知っていなければならないから。今何にお困りで、何に興味があるのか。どんな気候でどんな暮らしをしているのか。私はそれを投書欄で知ります。東京という中央にいたら、見えないことがたくさんあります」

投書欄を読むために、送料まで払い、自分で毎日取り寄せ購読していると聞いて、猛烈に自分が恥ずかしくなった。

吉沢さんは家事という同じテーマを五十年も書き続けている。そしてなお、新潟の人々の暮らしを知ろうと、研鑽を積んでいる。

それにひきかえ、自分はどうだ。たかだか二、三時間インタビューをしただけで相手を知ったような気になり、たかだか二年で「飽きた」と愚痴っている。

私は本当に「人」を書けているか。「嬉しい」と語る奥のひとかけらの悲しみや、「辛かった」という言葉を裏支えするエピソードを十分に聞き出せているか。

あのとき、自分の中の「経験値」というメモリが、一瞬でゼロになった。

もっとまっさらな気持ちで台所取材と向き合わなければ、吉沢さんに恥ずかしい。五十年続いてもなお努力している人生の大先輩に、頭が下がるばかりだった。

以来、ゆっくりほんの少しずつ台所取材に対するスタンスが変わっていった。

同じ表現を使わぬよう、一度決めた構成を本当にそれがベストか疑うよう、初めて読んだ人に「次も読んでみよう」と思ってもらえるよう、リピーターには「やっぱりこの連載はいいいな」と思ってもらえるよう、毎回新しい気持ちで取材にのぞみ、執筆に取り組む。

吉沢さんもきっと毎回まっさらな気持ちで向き合ったから、五十年も仕事の発注が続いたのだろう。連載は、質が落ちればいつでも終わる。どんな大御所だろうと、仕事のセオリーは変わらない。

今でも、気持ちが間延びしそうになると、あの廊下の端の新聞の山を思い出す。

*

つながりのゆく先

ずいぶんあけすけに書いてしまった。けれどもこれが、なにかを成し遂げているわけではない私の精一杯の現在地。率直こそ本書の大原則であると腹をくくっている。

きっかけはコロナだった。感染防止のため、対面による「東京の台所」の取材が一時ストップ。ウェブ連載の担当編集者から、文章の書き方についてのコラムで急場をしのぎましょうと提案があった。そんな需要があるだろうか。私は学術的な裏付けを持って語れないので自信がないと言うと、東京の台所を書いている人がふだんどんなふうに言葉と向き合っているか、心がけていることや研鑽の舞台裏を知りたいという読者は多いと思うとおっしゃった。

そこから生まれた「文章を磨く日々のレッスン」という全三回が、思いがけずあちこちから転載や講座をなどの反響をいただいた。その後、あるトークイベントでコラムと同テーマの話をしたら、途中の休憩時間に本書編集者・野﨑真鳥さんがササッと来て、書架の隙間で「これ、本にできますね」とつぶやいた。

少なくとも私の著書はいつも、そんなふうにさまざまな人の想いや偶然の連なりによって輪郭を持ち、形になってゆく。三十年近くも続けてこられたのは、たとえば文章について書いたことがない、なんの実績もない私に署名原稿の声をかけてくださった編集者や、書架で思いついたジャストアイデアを企画書に落とし込み、社内で推してくださった編集者のおかげである。

そして数ある中から一冊を選び、代金と時間を投じてくださった読者によって今の自分がある。若い頃はなにもかも自分の手柄だと思っていたが、この年になるとわかる。この感謝を忘れたら、簡単に仕事が途絶えるということも。

書くという行為は尊い。本書を書きながら、次々とまだお礼を言えていない人たちの顔を思い出した。同時に、自分の原点は学生時代にあるとはっきり自覚できた。暮らしや人を切り口に、社会の枠組みからこぼれ落ちたり、忘れられたりしそうな価値観を描きたいというライフテーマは、学生自治の活動で学んだこととつながっている。

今は自分の表現を気軽に発表する場が多様にある。書いてみたいなと思ったらすぐやったほうがいい。きっと自分の根のようなものに気づける、楽しくて有用な経験になるに違いないから。

大平一枝

初出一覧

聞く、話す、聞く、聞く
『FLOWER DESIGN LIFE』二〇二三年八月号　マミフラワーデザインスクール

ガラケーの男
著者インスタグラム（@oodaira1027）二〇二三年七月十四日

受け継がれた癖
『FLOWER DESIGN LIFE』二〇二三年七月号　マミフラワーデザインスクール

トイレに行けない
『クロワッサン特別編集 なんだかんだの病気自慢』マガジンハウス、二〇一一年

「離島に住む人にわかる?」／私の文章磨き、五つのヒント
朝日新聞デジタルマガジン『&w』「今日からすぐとり入れられる五つの技術〈特別編・文章を磨く日々のレッスン①〉」二〇二二年九月二十一日

書くことに悩むたび戻る場所／歌詞には学びがいっぱい
朝日新聞デジタルマガジン『＆w』「悩むたび戻れる場所を作る〈特別編・文章を磨く日々のレッスン②〉」二〇二一年九月二十八日

誰もあなたの文章なんて読まない
「くらしをつづるコツ②」『しんぶん赤旗』二〇二四年二月二十日

レス・イズ・モア
『FLOWER DESIGN LIFE』二〇二三年一二月号　マミフラワーデザインスクール

学びどき、磨きどき／自分を喜ばせる方法を
『向上』二〇二三年一月号　公益財団法人修養団

いずれも大幅に加筆修正、一部改題を行いました。
その他は書き下ろしです。

大平一枝　おおだいら・かずえ

作家・エッセイスト。1964年、長野県生まれ。編集プロダクションを経て1995年独立。市井の生活者を独自の目線で描くルポルタージュ、失くしたくないもの・コト・価値観をテーマにしたエッセイ多数。著書に『ジャンク・スタイル』『男と女の台所』『ただしい暮らし、なんてなかった。』（平凡社）、『それでも食べて生きてゆく 東京の台所』（毎日新聞出版）、『人生フルーツサンド――自分のきげんのつくろいかた』（大和書房）、『注文に時間がかかるカフェ――たとえば「あ行」が苦手な君に』（ポプラ社）ほか。2013年より連載中の『東京の台所』（朝日新聞デジタルマガジン「&w」）が書籍化、漫画化など幅広く展開中。

こんなふうに、暮らしと人を書いてきた

2024年5月24日　初版第1刷発行

著　者　大平一枝

発行者　下中順平
発行所　株式会社平凡社
〒101-0051 東京都千代田区神田神保町3-29
電話 03-3230-6573［営業］

デザイン　名久井直子
写　真　安部まゆみ

印　刷　株式会社東京印書館
製　本　大口製本印刷株式会社

ISBN978-4-582-83962-3

平凡社ホームページ https://www.heibonsha.co.jp/
落丁・乱丁本のお取り替えは小社読者サービス係まで直接お送りください
（送料は小社で負担いたします）。

【お問い合わせ】
本書の内容に関するお問い合わせは
弊社お問い合わせフォームをご利用ください。
https://www.heibonsha.co.jp/contact/